Henri Rubinstein

Un homme à oublier

récit

Pour Kate,
qui se reconnaîtra peut-être.

"Transformer la volupté en connaissance"
Charles Baudelaire

"Je sais que c'est vrai, puisque c'est moi qui l'ai inventé"
Cornelius Warren Grafton

"J'écris ce livre uniquement parce que je pense qu'il est préférable
de raconter cette histoire plutôt que de continuer à la vivre"
Michael Lewis

"Dans ce grand palais de ma mémoire,
... c'est là que je me rencontre moi-même"
Saint Augustin

"Nulle jouissance de l'instant présent
ne pourrait exister sans la faculté d'oubli"
Frédéric Nietzsche

Rencontre

Tous les matins tôt, avant de prendre son service, Nathan va boire son café, debout au bar du seul rade du village voisin pour y parcourir le journal local. Aujourd'hui, parmi les habitués déjà avinés, Betty Draper est assise devant un double crème, une montagne de croissants et un Herald Tribune froissé. Bien sûr, ce n'est pas l'héroïne de Mad Men[1] mais une grande blonde aux traits classiques, aux yeux malins, dont il admirera le cul bien coupé[2] quand elle se lèvera pour aller régler son addition. Il se dirige vers elle, l'aborde et lui demande où elle a laissé Don ; devant son ébauche de sourire amusé, il ajoute, ou bien est-ce Humphrey[3] qui vous a posé un lapin? Cette cinéphilie de bazar semble la divertir. La belle fait un geste vague qui englobe un monde extérieur où sont remisés les couples de pellicule et les amants de fiction. Elle accepte de continuer la joute dehors, sous le soleil de septembre, un été indien dont il lui dit qu'il est

---

1 *Mad Men* est une série télévisée américaine qui se déroule dans les années 1960 à New York dans l'agence publicitaire fictive Sterling Cooper sur Madison Avenue. La série est centrée sur le personnage de Don Draper directeur créatif de Sterling Cooper, dans sa vie professionnelle et personnelle. Betty Draper est l'épouse du héros.

2 L'expression est du Marquis de Sade.

3 Bogart, bien sûr, puisqu'elle lui fait aussi penser à Lauren Bacall.

sûr qu'elle en a vécu de semblables en Nouvelle Angleterre. Elle le lui confirme. Ils sont déjà complices. Bientôt, ils feront connaissance. Kate vient d'entrer dans sa vie. Il ne s'y attendait guère.

Sans pour autant faire partie de la police, Nathan sait mener un interrogatoire.

— Qu'est ce qui vous amène dans ce trou perdu ?

— J'attends l'heure des visites à Sainte-Marguerite, la maison pour vieux à la sortie du bourg. Je dois aller voir ma mère qui y est hospitalisée depuis un mois. Après m'être débarrassé de ce pensum, je repars vers Paris.

— Êtes-vous seule à vous en préoccuper ?

— Oui, mon père l'a quittée, je ne le vois plus, je suis fille unique. C'est lourd à porter, c'est douloureux à vivre, je ne le souhaiterais pas à mon pire ennemi. C'est sans doute mon devoir mais au delà de l'acceptation d'un réel contraignant, il y a ma vie à moi qui continue, que j'ai le devoir de vivre pleinement. J'ai compris que je devais poser mon fardeau[4] pour me protéger, pour ne pas y laisser ma peau.

---

[4] L'échelle de Zarit ou "Inventaire du Fardeau", est un test d'origine canadienne qui reflète la surcharge de travail et ses répercussions sur l'état d'esprit d'une personne prenant soin d'un

— Bravo, enfin quelqu'un qui comprend qu'un dément est déjà parti, qu'il a fait le choix inconscient de s'éloigner du monde des vivants, qu'il faut savoir en faire le deuil sans culpabilité. Quelqu'un qui sait qu'un dément est indifférent à la souffrance de son entourage, que sa famille ne peut plus rien lui apporter, qu'il constitue une entité dévorante et mortifère qui, si l'on n'y prend pas garde, détruira tout autour de lui.

— J'ai du mal à ne pas souffrir de la laisser ainsi, livrée à des étrangers dans ce mouroir.

— N'y pensez plus, vous n'êtes pas en cause, votre mère est déjà morte au monde. La maladie d'Alzheimer est la résultante d'un mécanisme hostile ayant pour origine un désir d'oubli. C'est un choix défensif mortel, un véritable suicide psychique pour celui ou celle qui, paradoxalement, ne peut se donner la mort. Un individu, face à certaines situations particulièrement difficiles du point de vue existentiel, sera amené à faire un choix. Toute personne, face à la terreur de sa mort inexorable,

---

parent dément vivant à domicile. Quand les répercussions sont trop importantes sur la vie d'une personne, l'institutionalisation est non deulement souhaitable mais légitime et nécessaire. Nos cousins québecois font preuve là d'un pragmatisme révélateur de la vraie nature d'un peuple qui, selon Raymond Cousse, pratique "le génocide permanent de l'esprit" et privilégie "l'existence végétative".

cherche à fuir ce qu'elle ne peut supporter. Chacun n'y répond pas de la même manière, chaque sujet use d'une stratégie qui lui est propre. Le suicide en est une et la démence en est une autre. La raison pour laquelle on se suicide ou celle pour laquelle on choisit de quitter le monde du réel est toujours la même : la souffrance. Face à cette souffrance morale intolérable, l'alzheimérien fait le choix d'une mort psychique progressive là où d'autres feraient le choix d'une mort physique immédiate[5].

— Pourtant, on encourage les proches à garder systématiquement leur malade à la maison, pour les entourer, les soigner, les stimuler, les aimer, les rassurer, faire preuve de dévouement et d'abnégation. Je ne veux pas m'accuser d'égoïsme[6].

— Foutaises, conformisme, imposture, escroquerie conceptuelle, un dément ne ressent rien. C'est là jouer sur la culpabilité des aidants en leur faisant miroiter de faux espoirs. C'est contribuer à la destruction de personnes encore saines. Pour des raisons principalement économiques, c'est vouloir leur imposer inutilement des

---

[5] Emil Cioran (1911-1995), qui est mort de la maladie d'Alzheimer, écrivait "qu'il avait depuis longtemps exorcisé le suicide".

[6] "Sans l'appui de l'égoïsme, l'animal humain ne se serait jamais développé. L'égoïsme est la liane après laquelle les hommes se sont hissés hors des marais croupissants pour sortir de la jungle." "Hors la loi !" Blaise Cendrars (1887-1961)

contraintes insoutenables. Vous avez pris la bonne décision et vous devez simplement veiller à ce que tout se passe dans la dignité.

— J'espère que vous avez raison.

— À part être une femme seule, ou qui semble l'être, que faites-vous ?

— J'écris des livres. Je reste à la maison.

— De quoi s'agit-il ? Y-en a-t-il un que j'aurais pu avoir l'occasion de lire ?

— Sans doute pas.

À sa demande, elle lui cite plusieurs titres. Il n'en a jamais entendu parler mais se promet de s'en procurer un.

Kate peut aussi jouer les flics.

— Et vous, Monsieur, venez-vous vous mêler au peuple des travailleurs, aimez-vous vous encanailler ou n'avez-vous pas de machine à café ?

Nathan élude.

— Je m'occupe de l'entretien à Sainte-Marguerite.

— Vous n'avez pourtant pas l'air d'un homme de peine.

— Détrompez-vous, un médecin n'est jamais qu'un majordome diplômé qui expédie les affaires courantes, sert de tampon avec l'administration et veille à ce que tout fonctionne sans heurts.

Kate accepte son explication sans sourciller, se dirige vers sa voiture garée devant le bistrot, une Renault poussiéreuse, s'assied au volant, met le contact, descend sa fenêtre, se penche à l'extérieur. Ses cheveux cachent son visage un court instant, le frais soleil du matin l'enveloppe et le bleu de ses yeux est si pâle qu'ils sont presque gris. Son sourire est plus appuyé, il est maintenant large et ouvert, ses lèvres sont pleines, sans maquillage et laissent voir des dents très blanches.

— Je vous retrouverai peut-être à la clinique, sinon, je repasserai ici à la même heure la semaine prochaine pour vérifier que tout va bien[7].

— Je serai là, soyez-en sûre.

---

[7] Dans toute institution, il est souhaitable que les soignants n'aient pas le sentiment qu'un patient est abandonné à lui-même. Une présence, même épisodique de la famille, conduit toujours le personnel à être plus attentif - ou moins négligeant.

Nathan ne veut pas commander un de ses livres chez Amazon. Il est trop impatient pour attendre une livraison. Il téléphone au secrétariat de Sainte-Marguerite pour les prévenir que ce matin, il sera en retard pour sa visite quotidienne. Il fonce vers le chef-lieu, qui recèle la seule librairie correcte du département. Par chance, au milieu des best-sellers du moment, des guides touristiques, des cartes postales, des cahiers d'écoliers, des gommes et des crayons, une vendeuse revêche finit par dégotter un exemplaire du dernier titre de Kate, publié par un éditeur confidentiel au pédigree irréprochable. Il le prend en main, le retourne, se demande si la quatrième de couverture est un *blurb*[8] destiné à appâter un lecteur potentiel ou correspond véritablement au contenu, le feuillette, le renifle, le caresse et le paye.

— On nous l'a proposé à l'office, sinon nous ne l'aurions pas en rayons. Si vous ne l'aviez pas acheté, nous l'aurions rendu avec les retours[9].

---

[8] Un *blurb* (expression anglo-saxone d'origine douteuse) est un texte laudateur de présentation au dos d'un livre. Il peut s'agir de n'importe quelle combinaison de citations de l'ouvrage, de l'auteur, de l'éditeur ou de critiques littéraires. Le blurb peut contenir un résumé de l'intrigue, d'une biographie de l'auteur ou de louanges exagérés parlant à des fins commerciales de l'importance de l'œuvre.

[9] En librairie, les « retours » sont les livres reçus à l'office par une

Nathan repart avec son butin. Il le lira dans la nuit. Il aimera le livre de Kate, à l'écriture élliptique, brisée, comme étranglée par la pudeur, qui raconte un couple, un amour formidable, résistant mal aux déchirures, aux libertés et au quotidien.

Une semaine plus tard, Kate et lui ont respecté leur rendez-vous improvisé. La lumière de ce matin de fin

---

librairie, invendus pendant une certaine période, qui sont renvoyés au fournisseur. La politique dite des « retours » est un mode de distribution qui s'applique en France aux livres. Le système est simple : le libraire reçoit les livres que lui propose le distributeur et les paie. On appelle ces livres distribués sans commande l'Office. Il a ensuite deux mois à un an pour renvoyer les invendus qui lui sont remboursés, généralement sous forme d'un avoir. C'est le libraire qui paie les frais de port des retours puis l'éditeur qui paie le pilonnage, le stockage ou le ré-acheminement de ses propres ouvrages. Cette méthode permet aux éditeurs d'obtenir une grande visibilité mais ne va pas sans risques, puisqu'un livre fortement distribué mais ne se vendant pas coûte extrêmement cher à son éditeur et peut causer de graves problèmes de trésorerie. Certains micro-éditeurs refusent les retours et ne sont donc distribués que chez les libraires qui acceptent de commander leurs livres en *compte ferme*. Ce système occasionne des trafics complexes dans l'édition de masse : un ouvrage destiné à recevoir une forte audience (biographie d'un présidentiable, énième tome d'une bande dessinée à la mode, etc.) est souvent placé à plusieurs centaines d'exemplaires sur un point de vente très fréquenté (en hypermarché par exemple). Sur ces centaines d'exemplaires, seul un certain pourcentage est vendu (mais le nombre de livres vendus aurait été moindre si le nombre de livres placés avait été plus modeste), les invendus sont alors retournés au distributeur, qui les diffuse à nouveau dans des libraires plus petites et moins fréquentées. (Wikipédia) septembre est restée la même. La grande jeune femme blonde aux fines mains soignées, aux yeux clairs, au cou élancé destiné à ne rien porter l'été et des cols roulés l'hiver, n'a pas changé. Toutefois, aujourd'hui, elle semble en transit, ailleurs, perdue dans ses pensées et prête à s'éclipser. Mais c'est bien elle, elle est raccord. Ils reprennent le dialogue où ils l'avaient laissé.

— Avez-vous déjà rencontré ma mère, comment la trouvez-vous ?

— Non, je ne la connais pas, sa chambre est dans un autre bâtiment et ce n'est pas moi qui m'en occupe. D'ailleurs, c'est mieux ainsi, je préfère ne pas avoir à décortiquer son histoire. Vous me plaisez trop pour que j'accepte d'être amené à vous découvrir par personne interposée, surtout s'il s'agit de votre mère.

Kate ne s'étend pas sur ses préoccupations du moment, raconte quelques déboires imprécis, qui ont le don de la faire rire. La qualité du présent est palpable. Kate est belle, elle est somptueuse, elle est drôle, elle est émouvante, elle est énigmatique, elle est bouleversante. Elle est tout ce que Nathan aime. La matinée avance trop vite.

Pour compléter le fiche signalétique de Kate, on pourrait aussi décrire ses ballerines noires qui ne peuvent être que des Repetto - nul besoin de se grandir en portant des talons -, son jean délavé, son twin-set en cachemire rose, son trench-coat un peu chaud pour la saison, ses petites boucles d'oreilles en or et rubis qui sont sans doute des dormeuses et que l'on aperçoit quand elle tourne la tête, sa montre d'homme en acier, son foulard imprimé qu'elle porte dénoué et dont il est difficile de deviner la matière, son absence de collier, de bagues et de bracelets. Il faudrait également évoquer son front haut, son nez pointu, ses petites ridules aux coins des yeux, ses fossettes mutines, ses seins menus, sa taille que l'on pourrait facilement entourer d'un seul bras, ses longues mains délicates qui semblent pleine d'une force subtile et que l'on imagine caressantes. Il faudrait écouter sa voix bien posée, mélodieuse, discrètement rauque, sensuelle et gaie, parfois rieuse mais jamais stridente. On entendrait beaucoup plus que le son de sa voix, c'est son être profond qui parle. Il faudrait insister sur sa pointe d'accent anglais qui ajoute de l'exotisme aux mots du quotidien et du mystère à ses propos les plus simples ou à ses réflexions les plus recherchées.

À ses côtés, Nathan est moins grand, il se tient très droit pour ne pas perdre un seul centimètre de sa taille, sa chemise blanche, propre, qui n'a pas été repassée, portée col ouvert, contraste avec une belle veste en tweed irlandais mousseux, un peu usée, confortable, avec des pièces de cuir aux coudes lui donnant l'apparence d'un professeur d'université américaine, du genre bougon qui aurait oublié sa pipe. Un pantalon de velours et des chaussures de marche complètent sa garde-robe du jour. Une tête massive, un cou taurin. Il n'est plus jeune comme en attestent ses cheveux blancs, drus et tondus de près, il est soigneusement rasé. Un teint encore hâlé, une bouche aux lèvres voluptueuses de métis sous un fort nez bourbonien, des yeux noisette enchâssés dans des paupières lourdes, de nombreuses rides d'expression, des mains charnues aux ongles carrés coupés courts, une élocution précise au timbre grave.

Ils ont découvert qu'ils partagent bon nombre de goûts et de dégoûts[10]. Le goût pour les murs blancs, les bibliothèques bourrées de livres où l'on ne présente aucun objet, les dictionnaires, le traité de la ponctuation française de Jacques Drillon[11], les pièces d'habitation dégagées, les placards de rangement fermés dont on ne peut voir le contenu[12], l'intimité, la politesse, la réserve, la

---

10 « Je ne réponds pas d'avoir du goût, mais j'ai le dégoût très sûr. » (Jules Renard)

11 Il est également l'auteur d'un remarquable recueil de nouvelles érotiques "Six érotiques plus un", illustré de belles gravures anciennes d'Augustin Carrache (1557-1602) qui ne cachent rien des verges brandies et des culs habités. (Gallimard 2012)

12 En Allemagne et en Hollande, la règle est de tout ranger dans des rayonnages ouverts, sans doute pour ne rien cacher aux yeux

discrétion, le voussoiement, les silences, les femmes qui sortent sans sac à main transportant ainsi leur vie dans leurs poches, les belles histoires d'amour qui finiront mal telles que savent les raconter leurs auteurs de prédilection[13], les Bourgognes rouges, les nourritures robustes mais aussi parfois les sashimis, les tête à tête[14], les histoires drôles quand elles sont de très mauvais goût, le dix-huitième siècle, Paris et ses secrets, les auteurs ignorés à condition qu'ils le soient restés, Balzac, le cinéma américain des années 70 et ses road-movies, quelques séries télévisées made in Hollywood, les pivoines, les fleurs coupées alanguies dans des vases en cristal, les voyages improbables, les belles matières, le Vichy rose, les tissages pied-de-poule, les cachemires douze fils portés par les marins fortunés de Portofino, les grands hôtels méconnus, le Champagne brut si ses bulles sont petites et sa température exacte, les départs improvisés dans une voiture silencieuse vers des destinations inattendues, conduire la nuit, l'Opéra-Comique en particulier Offenbach, les plages désertes balayées par le vent que ce soit à East Hampton ou dans

---

du monde. De même, les fenêtres exposées aux passants sont souvent sans rideaux, même au rez-de-chaussée.

[13] "Quelqu'un - on peut l'imaginer - présenta Tristan à Yseult ou Paolo à Francesca da Rimini, sans se douter que ça finirait mal" (Anthony Boucher)

[14] *Two is a company, three is a crowd.*

l'île d'Oléron, les Manhattans[15] dont l'indispensable cerise ne doit surtout pas être confite, les textos, les mails, les lettres manuscrites[16] qui mettent tant de temps à arriver, les bagages mous en nylon noir que l'on ne place jamais en soute et dans lesquels, à la façon des matelots, on roule les vêtements pour qu'ils prennent moins de place, faire chambre à part, rire, se taire, regarder et s'éprendre du temps qui passe.

Ils n'aiment pas, ils détestent, ils haïssent les modes, les restaurants bondés recommandés par des critiques gastronomiques complaisants, les fleurs en pot, les voitures de sport vrombissantes conduites par des garçons coiffeurs ou par des traders cocaïnomanes, les prix littéraires, le petit monde germanopratin, le bruit, les films d'auteur, le cinéma français d'aujourd'hui, le luxe ostentatoire, les penseurs patentés plus creux que profonds, les moutons de Panurge, les chambres d'hôtes, les gîtes ruraux et les hôtels de charme, le marché bio du boulevard Raspail le dimanche et ses bouseux à bonne conscience qui vendent trop cher des fruits et légumes à

---

[15] Un Manhattan est un cocktail de type *short drink* qui peut se servir en apéritif. Il se compose généralement de quelques gouttes d'amer, d'un jet de vermouth et de rye whiskey ou du bourbon. Une cerise à l'eau-de-vie, voire au marasquin, présentée sur une pique, doit impérativement être ajoutée par le barman.

[16] Les internautes parlent de "*snail mail*" (courrier escargot). "Mon boss est tellement parano à propos des hackers qu'il insiste pour envoyer tout son courrier par *snail mail* ; je ne peux même pas utiliser mon filtre à spam pour ignorer ce qu'il a à me dire."

moitié pourris parce que cultivés sans engrais ni insecticides, les ronds-points et les salles polyvalentes qui défigurent les campagnes, les femmes, pas toutes américaines, qui dans les conversations miment les guillemets en agitant deux doigts à hauteur de tête ou d'épaules, faire la queue au musée, faire la queue dans un aéroport, faire la queue où que ce soit, les taxis qui ne savent pas éviter les embouteillages, les banlieues, les abonnés de l'Opéra, les buveurs et les buveuses de bière, les fans de foot, les piscines, les spas, les massages thaïlandais, les ongles sales ou rongés, les magazines people[17], s'abrutir affalé devant la télévision, téléphoner à tout propos sur un portable, entendre ressasser "T'es où, toi ?"[18], les réseaux sociaux, les groupes, les tribus, les communautées, les sites de rencontre, le Palais de Tokyo, les bobos[19], la fête des musées, la fête du cinéma, la fête de la musique, les pochettes voyantes portées avant 17 heures sur un costume croisé, les tissus Prince de Galles, les tatouages, les piercings, amener les enfants à EuroDisney, l'odeur fade et rance des supermarchés, les V.I.P. et leurs repaires, les besaces et sacs à main pour hommes[20], les énormes cabas cloutés portés par des

---

17 Encore qu'ils soient parfois rigolos.
18 C'est, parait-il, la phrase le plus utilisée quand on se téléphone.
19 Nathan se félicite d'avoir été un bourgeois bohème dès les années soixante. Il se réjouit de ne plus l'être.
20 À la rigueur, ils toléreraient un sac à dépêches de chez Hermès, s'il est déjà bien patiné.

pseudo élégantes qui leur rappellent la description que fait Henri Miller du vagin de sa voisine "un sombre labyrinthe meublé de divans et de cosy corners", les parfums capiteux[21], les fringues siglées, les marques repérables, la vantardise, la grossiéreté. Ils exècrent les valises à roulettes. Ils abhorrent la foule. Ils abominent la nostalgie puisqu'ils connaissent bien la valeur du présent.

Détestation et haine ne sont pas mépris. Ils ne le pratiquent jamais car ils n'estiment pas être les meilleurs, valoir plus ou se situer au-dessus des autres[22]. Les déplorables tics de l'époque ne les exaspèrent pas, ils les font doucement sourire.

Kate et Nathan ne sont pas des hérissons mais ils peuvent leur ressembler, les aléas de leurs vies les ont dotés d'armures épineuses. Celles-ci leur permet de se défendre des fâcheux, de se protéger des blessures, d'éloigner les intrus, de cultiver l'acuité et de développer un esprit de ruse. La certitude de pouvoir au moindre péril s'entourer de leurs piquants les a rendu buissonniers et insouciants, adeptes de la fuite sur place. Ils se préservent en tout temps et en tout lieu, sans avoir jamais à livrer bataille. Ils n'attaquent ni ne ripostent, c'est l'adversaire qui s'y blessera.

---

21 Shalimar est le pire; Samsara pue la sueur.

22 "J'économise mon mépris car il y a beaucoup de nécessiteux" (Jacques Sternberg)

Hélas, cette fourrure d'épines qui les protège risque de devenir un obstacle piquant quand on se rencontre et quand il s'agira de s'unir[23].

---

[23] Comment fait-on l'amour quand on est hérisson ?
"C'est au printemps qu'ils se cherchent. pendant que le mâle s'oriente, le museau fureteur et le sang aimanté d'une attirance étrange toujours plus implacable, une partenaire vient par lents détours à sa rencontre. Dans les premiers moments de cette nuit, elle a égaré rapidement ses appétits et trompé sa faim dans le choix de quelques coléoptères trouvés dans les ravinements d'un talus. Ensuite, son esprit est investi par d'autres nécessités, des impératifs plaisants, et c'est devancée par un désir encore nébuleux et souverain, qu'elle s'est élancée dans l'inconnu des fossés et des haies.
Le mâle la voit venir de loin, la devine d'abord, ombre roulant parmi les ombres, avant de la distinguer tout à fait dans une démarche d'impatience.
Royal, il s'étale sous la broussaille, couché sur le côté, en laissant voir les poils beiges mêlés de roux qui lui tapissent finement le ventre, comme s'il s'agissait d'exposer une promesse de tendresse en même temps que la volonté de se préserver d'aucune manière quand il est question d'amour.
D'emblée la femelle fait les avances. Elle se roule devant lui, érige un instant ses piquants comme pour suggérer une chevelure de parade, l'aura d'un sortilège, mais le prodige est pour lui trop ordinaire pour l'ensorceler vraiment. Elle vient alors le frôler, épines contre épines, d'une allure lascive, frotter son museau contre le sien, susciter mille crissements soyeux, et lui faire des agaceries pendant qu'il grogne dans une paresse qu'il veut supérieure. Il sait ce qu'on lui veut, ce qui est attendu de lui, mais il a de l'indolence et l'orgueil d'être sollicité.
Sur ses insistances à elle, ils vont jouer dans les herbes tachées de lune, rouler l'un contre l'autre, s'écarter, se fuir, se poursuivre, rouler l'un contre l'autre. Au sortir de la broussaille, elle se place sur le dos, offerte, ses petites pattes émouvantes repliées contre le torse clair.
C'est alors qu'il s'émeut de ses petites oreilles rondes, oreilles qu'il

Ils n'en sont pas là.

— C'est compliqué, dit-elle.

— Certes, je ne doute pas que votre vie le soit. Quant à la mienne, elle n'est pas toujours simple. Nos relations resteront limpides et vous ne semblez pas détester que je vous courtise. J'accepterai volontiers votre règle du jeu et je ne rechignerai pas devant les obstacles à franchir.

— Vous me tentez.

— C'est le lot des jolies filles émouvantes, séduisantes et dégourdies, à moins que vous ne pensiez

---

a pareillement, mais de les découvrir sur l'aimée comme un motif de décoration, et de pouvoir les mordiller, les rend particulièrement attractives.
Il appuie le museau sur la partie intime et provoque cette humidité huileuse qui est le gage de l'excitation et de l'assentiment. C'est puissamment qu'il respire les molécules odorantes qui se dégagent, et qui disent assez qu'elle est dans les meilleures dispositions.
Pour s'unir, ils se couchent sur le côté, rapprochés et orientés l'un vers l'autre, afin que le mâle puisse atteindre sa partenaire et la pénétrer sans rencontrer d'épines dans l'élan. Comme ils se plaisent dans un coït prolongé, ils en viennent à ériger l'un et l'autre leurs piquants, à s'entourer de leurs fourrures d'épines, pour jouir d'une sécurité presque absolue dans la volupté." (texte anonyme recueilli sur la Toile).

que, pour une femme moderne, les soupirants ont cessé d'exister et qu'elles ne veulent plus que des amants de passage. Ce n'est pas compliqué, ce n'est pas un sujet de malaise, c'est plutôt distrayant.

Kate ne parle pas de ses blessures. Elle en a révélé certaines dans ses livres. Elle ne s'étend pas sur la maladie de sa mère. Ses autres cicatrices, il ne les connais pas et sans doute ne veut-il pas savoir. Il la préfère neuve, comme une plage au matin, après la marée qui a effacée toutes les traces et où ne persistent que l'immensité de la découverte, le bleu du ciel, la douceur d'un sable intact[24], le cri des mouettes, un soleil complice et le vent qui ébouriffe les cheveux.

Sans pour autant se dégraffer, Nathan a les mêmes scrupules mais moins de retenue. A-t-il enfin besoin de se livrer ? Estime-t-il avoir trouvé une oreille complaisante, celle d'un chauffeur de taxi à qui l'on raconte sa vie, certain qu'on ne le reverra jamais ? Lui fait-il confiance parce qu'elle est belle et qu'elle lui plait ? Le mince bagage esthétique qu'ils semblent avoir en commun lui suffit-il pour qu'il mette sa réserve en veilleuse ? Cherche-t-il à l'impressionner, à l'émouvoir ou à l'intéresser ? Place-t-il

---

[24] Un auteur dont j'ai oublié le nom décrit magnifiquement le chef d'œuvre que Picasso, a tracé sur le sable d'une plage déserte et que personne ne verra plus puisqu'il sera effacé par la marée montante.

ses pions, tel un joueur d'échecs chevronné, dans le but d'une victoire finale, d'un dénouement heureux ? Est-ce une habile opération de séduction comme il en a déjà menées pour réussir des conquêtes difficiles ? Cherche-t-il à se dévaloriser, à se faire plaindre ou à se faire admirer ? Veut-il se faire aimer pour ce qu'il est ou pour ce qu'il dit avoir été ?

Nathan ne se pose aucune de ces questions[25]. Il raconte.

---

25 "J'ai des réponses. Avez vous des questions ?" Paroles rabbiniques.

Nathan

Après six heures passées à rouler sur l'autoroute, la distance est encore longue jusqu'à Sainte-Marguerite. Je dois me concentrer pour conduire, un rideau de pluie retarde mon avance et l'incessant va et vient des essuie-glaces a un effet hypnotique qui me trouble et me rend rêveur. Je ralentis, les phares trouent la nuit. Le break chargé de mes dernières possessions dérape dans les virages. Mes bagages, Mes deux caisses de livres cognent contre les parois de la voiture, le bruit m'irrite. Je suis épuisé et je préfère m'arrêter pour le reste de la nuit dans un hôtel anonyme pour arriver en forme le lendemain.

Je ne peux dormir. Trop de café, trop de soucis, trop d'inconnu et les cauchemars qui ne me quittent plus depuis que j'ai décidé de fuir Paris. Pourquoi cette terreur de l'insomnie ? Je dors, tu dors, il dort... Ils dormaient tous, sauf moi, un homme mûr en sueur dans mon lit trop mou, qui compte les femmes que je n'avais plus et les maîtresses que je n'avais pas encore. Un ancien adolescent qui avait cru que l'amour fait dormir. Un homme qui ne tombait que sur des femmes qu'il amenait au bout du monde pour y trouver le sommeil. Mon histoire ne pouvait continuer très longtemps ainsi, cet homme là, aujourd'hui sans domicile fixe, n'aurait sans doute pas dû trop aimer les femmes, celles pour qui - et avec qui - on oublie de sommeiller.

Je ne dors pas. Moi qui a sauté tant de femmes, je me lasse de ce traditionnel exercice mental censé aider à trouver le sommeil, souvenir du décompte des moutons franchissant une haie.[26] Je préfère repenser à ma première vie, celle dont je me suis débarrassé comme un serpent qui mue ou comme un papillon qui sort de sa chrysalide.

Ma première vie professionnelle, la seule avérée à ce jour, celle que j'avais menée avec succès au sein de mon cabinet cossu ou bien dans le cocon de structures hospitalières prestigieuses, avait toute entière été centrée sur l'inquiétude neurologique. Pour mes patients, leur cerveau, leur esprit, leur mémoire étaient leurs biens les plus précieux. Toute manifestation physique inhabituelle, tout signal anormal, tout avertissement occasionnel dont ils pouvaient penser, imaginer ou supposer, à tort ou à raison, qu'il provienne d'un mauvais fonctionnement de leur système nerveux les inquiètaient, les alarmaient, les angoissaient ou les terrorisaient.

---

[26] Une étude sur la période de veille précédant le sommeil chez les insomniaques, menée par des chercheurs de l'université d'Oxford, au Royaume-Uni, a démontré que cette technique produisait l'effet inverse du but recherché. Les sujets comptant des moutons mettaient plus de temps à trouver le sommeil que des sujets n'ayant reçu aucune instruction.

Quel que soit leur degré d'insouciance ou de fatalisme, des trous de mémoire répétés ou de sérieuses difficultés de concentration leur évoquaient inévitablement une maladie d'Alzheimer, des migraines ou des maux de tête persistants leur faisait craindre une tumeur cérébrale quand ce n'était pas une rupture d'anévrysme. La sclérose en plaques se profilait derrière leurs vertiges et leurs fourmillements chroniques et, à l'évidence, des tremblements gênants leur suggèraient la maladie de Parkinson. La paralysie, la démence, la perte d'autonomie et leurs cortèges de répercussions personnelles et sociales représentaient quelques-unes des obsessions majeures de mes patients.

Nul n'était besoin d'être particulièrement inquiet ou déprimé, chacun connaissait des exemples de ces maladies effrayantes, qu'il s'agisse de parents, proches ou éloignés, d'amis, de voisins ou de personnalités publiques. Les médias en étaient et en sont toujours friants; ils exposent à loisir ces aspects les plus sombres de la pathologie médicale. Sans créer l'anxiété, ils l'entretiennent et la font prospérer. Bien entendu, plus les gens avancent en âge, plus l'espérance de vie augmente, plus ces préoccupations et ces peurs les étreignent et obscurcissent leur quotidien.

Dans l'intimité de mon bureau, mon premier objectif était d'apporter de bonnes nouvelles, de calmer en démontrant que, fort heureusement, une très grande majorité des symptômes qui les alertaient sont fréquents et sans réelle gravité. La fatigue, l'épuisement, les situations de stress, l'anxiété généralisée, l'hypochondrie, la dépression masquée, ou non, la fibromyalgie[27] ou encore les migraines peuvent reproduire ou mimer tous les signes neurologiques, même les plus inquiétants.

Je leur expliquais longuement comment et pourquoi.

Cependant, vouloir être rassurant n'est pas fuir ou nier la réalité. J'étais conscient de ce que la pathologie neurologique existe bel et bien et que l'on peut même se poser la question de sa recrudescence, attestée ou apparente. Mon autre tâche était un voyage au bout de l'horreur. Qu'il s'agisse des principales affections organiques du système nerveux comme la maladie d'Alzheimer, celle de Parkinson ou celle de Charcot, de la sclérose en plaques, des accidents vasculaires cérébraux, des tumeurs cérébrales bénignes ou malignes, des

---

[27] La fibromyalgie est une maladie caractérisée par un état douloureux musculaire chronique étendu ou localisé à des régions du corps diverses, qui se manifeste notamment par une hypersensibilité douloureuse à la moindre stimulation et par un épuisement persistant pouvant devenir invalidant.

hémiplégies et paraplégies, des encéphalites, des migraines, des polynévrites, etc..., je devenais le porteur de mauvaises nouvelles, le messager que l'on tuera, le bouc émissaire expiatoire. Signes d'alarme, symptômes, examen neurologique, examens complémentaires étaient les stations de mon chemin de croix.

J'avais dû aborder la psychiatrie, qui aujourd'hui s'intègre aussi dans ce cadre quotidien, puisque les signes, les pathologies et les traitements des maladies du cerveau, de la pensée et de l'humeur se manifestent, dialoguent, et communiquent sans s'exclure. Traiter des troubles de la personnalité, du comportement, de la raison, de l'adaptation sociale est devenu une authentique science biologique à travers l'étude des neuromédiateurs[28] cérébraux. Pour moi, la séparation stricte entre la pratique d'une neurologie organiciste préoccupée du corps, qui serait opposée à une psychiatrie fonctionnelle de l'esprit n'avait plus lieu d'être. Au jour le jour, je devais également faire une large place à l'explication des modalités et de l'utilité d'examens spécialisés mal connus,

[28] Un neuromédiateur est une molécule chimique qui assure la transmission des messages d'un neurone à l'autre, au niveau des synapses. La molécule libérée par un neurone lors d'une stimulation se fixe à un récepteur sur un autre neurone, ce qui entraîne la transmission de l'influx nerveux. Synonyme de "neurotransmetteur" (voir plus bas).

dont beaucoup ont entendu mentionner mais qui restent obscurs et source d'anxiété pour eux. Qu'il soit question des scanners, des IRM morphologiques et fonctionnelles, des écho-dopplers vasculaires, des explorations neurologiques électro-physiologiques ou encore de la simple ponction lombaire, je devais apporter à chacun les informations qu'il attendait ou croyait attendre. Mon rôle de médecin avait été déterminant et complexe. Je pouvais être porteur de bonnes ou de mauvaises nouvelles. Je devais tout à la fois expliquer, combattre l'angoisse, rassurer, dédramatiser, porter un diagnostic, en tirer les conséquences thérapeutiques utiles et ensuite assumer un suivi personnalisé. Cet accompagnement devait toujours être attentif bien qu'il ait été particulièrement lourd, voire désespérant, dans certains cas. Je m'avouais toutefois avoir parfois négligé d'insister sur la gestion fine des troubles neurologiques et de l'humeur, de ne pas avoir mis en lumière le rôle déterminant de la micronutrition dans la synthèse et l'équilibre des neuromédiateurs, de ne pas avoir développé l'intérêt des stratégies de prévention, des conduites alimentaires adaptées, des supplémentations en vitamines et acides aminés, d'une hygiène de vie raisonnable, de la pratique assidue d'activités physiques, mentales et cognitives, de techniques de dynamisation cérébrale. En somme, de m'être conduit en médecin occidental traditionnel, plutôt qu'en praticien défenseur d'une thérapeutique globale.

Brutalement, j'en avais eu assez de mon personnage de bon docteur dévoué, consciencieux, attentif et empathique, à l’écoute des autres et allant trouver ses plaisirs ailleurs que dans son métier. À l’écoute de leurs angoisses alors que la mienne devait être tenue en laisse, à l’écoute de leurs maladies alors que je n’étais jamais malade, à l’écoute de leurs plaintes, alors que moi je ne me plaignais pas, témoin de leur mort alors que seule la mienne me préoccupait.

Ma mère me l'avais bien dit, alors que j'étais tout gamin :

"Tu es comme une bonne vache, tu produis beaucoup de lait bien crémeux mais à la fin, tu donnes un coup de pied et tu renverses le seau."

Et comment, que j'avais renversé le seau un an auparavant.

J'avais tout largué, tout bazardé et avais utilisé cet argent pour voyager langoureusement avec une créature, une créature de rêve dont j'étais sans doute amoureux et qui, elle aussi, avait sans doute besoin d'un entr'acte. Le retour à la réalité fut abrupt mais pas déplaisant. Les nécessités matérielles m'avaient obligé à trouver du travail. Un poste de médecin-adjoint salarié, logé sur place, à l'EHPAD[29] privé Sainte-Marguerite s'était présenté. Je l'avais sollicité et avais été engagé.

J'exerçais à Sainte-Marguerite depuis trois mois.

---

[29] Un EHPAD est un établissement d'hébergement pour personnes âgées dépendantes.

Nathan, suite

— Votre première vie, telle que vous me l'avez décrite, me semble avoir été bien austère. Je vous voyais plutôt en épicurien, voire en sybarite, en hédoniste ou en jouisseur.

— Contrairement aux idées reçues par la morale judéo-chrétienne, un épicurien ne s'adonne pas à la quête des plaisirs. J'ai compris que pour être heureux, mes désirs, au lieu d'être illimités, doivent se ramener à la dimension restreinte de mes besoins. C'est mal à propos que vous parlez d'hédonisme[30], qui n'est qu'une déformation abâtardie de la doctrine d'Epicure. Quant à être un jouisseur, je l'ai été et je pense que je le suis resté. J'ai certes renoncé à la poursuite des biens matériels mais je continue de profiter de la vie et à chérir les relations sexuelles. Oubliez le sybarite, je ne suis pas un débauché et je ne vis pas dans la recherche perpétuelle de la luxure.

— Vous m'en voyez ravie. Mais alors, comment viviez-vous ?

---

30 En dépit des laborieux efforts de Michel Onfray pour le réhabiliter.

— J'avais établi des cloisons étanches entre ma vie professionnelle et ma vie privée. J'ai toujours eu suffisamment de temps libre pour le faire.

— Expliquez-moi !

Cet usage soudain de l'impératif le séduit. Il en est presque à évoquer Kate sortant d'une poche un crayon et un calepin aux pages jaunes lignées, pour prendre des notes en vue d'un improbable reportage.

— J'ai pu mener de front une vie professionnelle active, des voyages, des loisirs en évitant de vendre mon temps réel. À la différence du cadre, du manœuvre, de l'employé, un homme libre, et surtout un médecin, sait rendre son temps extensible. La création, l'expertise, le savoir-faire ne se facturent pas en fonction du temps réel dépensé et ne dépendent pas d'un horaire précis. Rapidité et intensité s'acquièrent avec la maîtrise et la compétence. Toute activité devient un prolongement biologique de l'individu. La rapidité, la maestria permettent d'éviter le labeur fastidieux, de combattre le désordre, de conserver son énergie et son enthousiasme. Plus on en fait, plus on peut en faire, si on en a l'envie. Le temps ne se mesure plus en heures passées mais en intensité d'envie. Je vivais le soir et la nuit, j'étais souvent parti, j'étais souvent absent, j'étais souvent *incommunicado.*[31]

Kate acquiesce.

— Mais pourquoi avoir tout chambardé pour vous retrouver ici seul au milieu de nulle part[32] ?

— C'est une option de vie possible, parmi toutes celles que l'on se demande si, un jour, on aura à la préférer ou à la choisir. Une existence honorable, obscure, austère de gériâtre institutionnel, de quasi médecin de campagne, zélé, honnête, sans illusions et sans amertume. Une nouvelle vie pleine, dans le mouvement de laquelle je ne me pose pas la question de savoir si elle est réussie.

— Ça a dû vous changer de la précédente...

— J'en avais assez, j'avais fait le plein, je m'en étais payé une bonne tranche[33]. N'allez pas croire que je sois un disciple tardif de Rancé[34]. Toutes ces femmes avec qui

---

[31] Mot d'origine espagnole. Période pendant laquelle l'intéressé refuse toutes communications extérieures à celles de son choix.
[32] "La scène se passe en Pologne, c'est à dire nulle part" Alfred Jarry, Ubu Roi.
[33] "On s'en est payé une bonne tranche", réponse de Valérie Perrine dans le film de Bob Fosse, après la mort tragique de Lenny Bruce (1974).

j'avais baisé, habité, voyagé, travaillé, imaginé mille histoires, réussi quelques liaisons, vécu des opportunités manquées ou exaltantes, ne m'ont pas converti. Avec elles, j'ai voyagé aux États-Unis, en Europe, en Australie, en Extrême-Orient ou encore en Amérique Centrale. De longues virées en décapotable sur la route 66, des dérives interminables dans le Middle West américain ou dans l'Outback australien, des aller-retour à Las Vegas pour participer à un championnat de stud-poker, pour s'enivrer du bruit des machines à sous et de l'odeur du jeu et puis y retrouver les lits gigantesques qui meublent les suites délirantes dans des hôtels à thème rococos, des séjours dans des palaces sophistiqués ou des descentes impromptues dans des motels sordides au sortir d'autoroutes nocturnes menant nulle part, des promenades à Central Park ou des excursions vers les pyramides mayas, Mexico City, ce chaudron en ébullition où j'avais roulé sur plus de quarante kilomètres d'embouteillages avant d'atteindre la Cinémathèque Nationale, un quadruple cube en béton où se donnait la première de "Brazil"[35], l'envoûtement de ces routes solitaires conduisant aux extrémités des mondes, qu'elles

---

[34] Chateaubriand, dans "La vie de Rancé" (1844) retrace la jeunesse mondaine, la maturité austère et la vieillesse d'un religieux du XVIIème siècle qui, bouleversé par la mort d'une femme aimée, s'est converti puis retiré à La Trappe pour y exercer son apostolat.

[35] Film d'anticipation britannique réalisé par Terry Gilliam, sorti en 1985.

soient situées en Basse Californie, à Key West, au cap Nord ou à la pointe du Raz, les Gin Sling au Long Bar du Raffles à Singapour, la multitude oppressante à Hong Kong avant d'aller mariner dans la désuétude portugaise suintante de mélancolie à Macao, la placidité satisfaite des suissesses en pantalons de cuir à Lausanne, la statue de Charlie Chaplin à Vevey face au lac, le snobisme échevelé des clubs privés londoniens, l'Histoire en Irlande dans le manoir où de Gaulle s'était réfugié après son retrait de la vie publique, les souvenirs picturaux naturalistes et impressionnistes d'Amsterdam, les plages désertes interminables en Nouvelles Galles du Sud, un épisode de vie sauvage dans un ranch des Montagnes Rocheuses, l'épuisante ascension d'Ayers Rock sous un soleil au zénith, les tapas de boudins noirs assortis dégustés à Séville, les gourdes en peau de chèvre pleines de vin âpre et les courses de taureaux à Pampelune, les yachts grands comme des navires de guerre de Fort Lauderdale, Atlanta, la perle du Sud, la ville mythique de Scarlet O'Hara, que je ne voyais pas comme ça, puisque la guerre de Sécession est depuis longtemps terminée et que l'archaïque capitale de la Géorgie est aujourd'hui devenue le siège de CNN et de Coca-Cola. Philadelphie, une virée aller-retour depuis New York en Cadillac de louage jusqu'au majestueux musée d'Art, l'escalier monumental, grimpé quatre à quatre pour se précipiter au pas de course dans la salle du fond où est exposé "Étant donné", la dernière œuvre de Marcel Duchamp aperçue difficilement à travers les deux trous perçés dans une porte épaisse en bois vieilli puis repartir aussitôt, les week-ends désolants de décrépitude dans des capitales de l'Europe de l'Est avant et après la chute du Mur de Berlin, le long séjour luxueux et raffiné à Rome, sous un vague prétexte professionnel, le grand hotel un peu déglingué à Lisbonne, où un vieux monsieur très digne avait pour seule fonction, jour après jour, soir après soir, de signaler la marche traîtresse qui risquait de nous faire trébucher avant que nous ne regagnions notre chambre. C'étaient des moments de vie absolus, des fragments intenses et fugaces. C'étaient des pleines nuits d'amour, toujours recommencées.

N'en attendez pas davantage, même si vous me le demandiez, je ne vous révèlerai pas un mot, ni de mes compagnes qui ont participé à ces agapes, ni de nos ébats. Choisissez de me croire ou bien dites-vous que ce ne sont rien que des mensonges[36]. Peu m'importe, je vous en ai déjà trop dit, alors je ne sais rien de vous.

— Vous savez déjà que je vous écoute plastronner sans m'enfuir.

---

[36] "Rien que des mensonges" (*Quel bowling sul Tevere*). Recueil de nouvelles de Michelangelo Antonioni, J.C .Lattès, 1985.

Kate poursuit inexorablement son rôle provisoirement assumé de journaliste fouineuse, elle insiste.

— Quel homme pensez-vous être aujourd'hui, Nathan ?

— C'est la seule question que je redoute. Je sais ce que j'ai été et je viens de déposer à vos pieds une partie de mon barda. Je sais ce que je serai, je serai mort.

Ce que je suis aujourd'hui, ce n'est pas quelqu'un qui attend la mort, ce n'est pas quelqu'un qui se penche sur son passé, ce n'est pas quelqu'un qui vit dans le regret et qui s'abandonne dans la peur, ce n'est pas quelqu'un qui projette des satisfactions illusoires sur un présent contestable, ce n'est pas quelqu'un paralysé par l'inexorable fin. Je suis plutôt quelqu'un qui a appris à apprivoiser l'insupportable réalité de l'inéluctable dénouement. Et comme tout ce que j'ai appris c'est grâce aux femmes que je l'ai appris.

Et aujourd'hui, ce sont quatre femmes que j'ai retrouvées à Sainte-Marguerite, qui me l'ont enseigné. On les dit démentes, ce n'est pas faux mais ce n'est pas tout.

Pourquoi et comment ?, allez-vous peut-être me demander.

Kate soupire et lui fait signe de continuer.

— Je pense sincèrement - et médicalement - que les démences, quelles qu'elles soient, que l'on parle de la marque Alzheimer ou de concurrentes moins connues des consommateurs de santé, naît de la peur. La peur de vieillir, la peur de perdre ses repères et son intelligence, la peur de la maladie, et bien sûr la peur de la mort. Cette dernière reste fondamentalement inacceptable et insupportable.

Les déments utilisent une stratégie à la fois complexe et stupide. Ils ne veulent pas se voir mourir, ils ne veulent pas mourir. Pour cela, ils choisissent de ne plus être tout en étant. Être et ne pas être, tel est le choix des déments. Ils sont encore vivants mais ils ne sont plus présents au monde. Il ne s'agit pas là d'une explication platement psychologisante, il s'agit d'un comportement qui s'inscrit dans l'histoire de chacun des individus qui fait ce choix affligeant. Et cette conduite est consciente dans la mesure où elle permet d'éviter une souffrance dévastatrice. Les médecins, dans leur ensemble, vont chercher des explications anatomiques, biologiques, biochimiques, immunologiques, toxiques voire infectieuses à la maladie d'Alzheimer. De tests neuropsychologiques en ponctions lombaires, d'IRM fonctionnelles en scintigraphies cérébrales, d'études au microscope électronique en chromatographies de protéines, ils s'épuisent à découvrir une ou des causes qui persistent à leur échapper et qui continueront de leur échapper tant qu'ils n'ouvriront pas les yeux sur la dimension anthropologique de ce désastre que l'on nomme démence. À ce jour, toutes ces voies de recherche ont abouti à une impasse, qu'il s'agisse de comprendre ce qui se passe et qu'il s'agisse de découvrir des médicaments efficaces. À ce propos, vous avez bien compris que l'Alzheimer est une "marque", et que comme toute marque elle doit prospérer pour ne pas disparaître. La "marque" Alzheimer jouit d'un marketing intense, elle ouvre droit à bien des prestations sociales, à la commisération générale, à l'industrie des maisons de retraite spécialisées, à la commercialisation de molécules très profitables pour les laboratoires qui les mettent sur le marché et qui ne servent rigoureusement à rien - sinon à creuser le déficit de la Sécurité Sociale.

Il serait plus productif - et moins ruineux pour la société - de les soigner par le rire, puisqu'il est un outil de communication, un révélateur d'angoisses de mort, une voie de décharge pulsionnelle qui modère les mécanismes de la démence, un lieu de rencontre entre la vie et la mort. Le rire peut redonner à l'alzheimérien un fragment de sa vie d'être humain, des lueurs de sa dignité pour le placer à une juste distance de la mort, ni trop loin dans le déni[37], ni trop près dans l'angoisse paralysante.

— Je ne suis pas entièrement sûre que vos utopies et votre colère professionnelle expliquent l'homme que vous êtes aujourd'hui.

— Excusez ma pédanterie, c'est peut-être mon seul point commun avec le reste de la profession médicale. Ces quatre femmes que j'ai mentionnées, ces quatre femmes, j'ai voulu les observer et tenter de communiquer avec elles. Bien sûr le terrifiant bouillonnement des émotions nées du rappel des visages, des corps, des odeurs, des conversations et de la fuite du temps ont été un choc dont j'aime à penser qu'il m'a été salutaire. J'ai compris. J'ai enfin compris pourquoi elles n'ont plus d'illusions, pourquoi elles savent que leurs jours sont comptés,

---

[37] En psychologie, le déni est une notion théorisée par Sigmund Freud pour désigner la non-considération d'une partie de la réalité, en particulier celle de la différence des sexes. Dans la théorie psychanalytique, le déni porte autant sur la réalité « extérieure » (perceptive) que sur la réalité ou le ressenti interne. En sémiologie psychiatrique, le terme s'étend à la réalité perceptive dans son ensemble et se rapporte généralement aux structures psychotiques. L'acte de déni refuse de prendre en charge certaines perceptions : un fragment, éventuellement important, de la réalité, se voit totalement ignoré ; la personne qui dénie se comporte comme si cette réalité n'existait simplement pas, alors qu'elle la perçoit. Le déni parait souvent évident, d'autant plus qu'il peut concerner ce que la personne devrait justement bien connaître.

pourquoi elles savent que la vie n'a qu'un temps et qu'elles veulent l'oublier. Il se peut que leur cerveau soit altéré, mais elles sont surtout malades de peur. Curieusement, ces mortes-vivantes ne m'ont pas rempli d'effroi, car à les voir et à les entendre, j'ai accepté de les comprendre pour ne pas en être réduit à leur ressembler. Rassurez-vous, si c'est de la pitié, c'est uniquement comme l'entend La Rochefoucauld[38] et non au sens religieux du terme. Et n'allez pas non plus croire que je sois attiré par leur tragique déchéance, mais je leur dois la révélation fulgurante que se laisser aller à l'angoisse de la mort est le plus sûr moyen de leur ressembler un jour. Oui, j'ai compris que c'est en acceptant ma condition d'être mortel que je ne perdrai pas la raison. Oui, j'ai compris que garder sa mort présente à l'esprit évite la mort de l'esprit.

---

38 "La pitié est un sentiment de nos propres maux dans un sujet étranger, c'est une prévoyance habile des malheurs où nous pouvons tomber, qui nous fait donner du secours aux autres pour les engager à nous le rendre dans de semblables occasions de sorte que les services que nous rendons à ceux qui en ont besoin sont à proprement parler des biens anticipés que nous nous faisons à nous-mêmes." (La Rochefoucauld, Maximes, numéro 287).

— « La mort, la mort, la mort, vous n'avez donc que ce mot-là à la bouche ! »[39]

— Dieu merci, vous n'êtes pas une Carmélite et je vous prie de cesser de tordre le bras de Bernanos. Vous n'ignorez pas la seule préoccupation des Classiques : "Philosopher c'est apprendre à mourir". Notre civilisation ne vit pas avec la mort, elle la nie, elle l'occulte, elle s'en protège et veut croire à la toute-puissance de la médecine et à ses lendemains qui chantent[40]. Tous immortels, tel est le credo insidieux que nous assène la majorité de nos philosophes et de nos médecins de salon. Ce jeunisme ambiant est la cause crédible des démences. Nous sommes de moins en moins à même de gérer notre fin, de moins en moins instruits à voir au-delà du présent, de moins en moins enclins à nous projeter dans les sombres certitudes de notre futur pour nous complaire dans des illusions de femme saoule et barboter dans un irrationnel délétère.

---

[39] Réplique extraite du "Dialogues des Carmélites" de Georges Bernanos (1888-1948). Sur son lit de mort, ses dernières paroles ont été : "À nous deux...".

[40] On vient de rajouter au Meccano qu'est déjà le corps humain, un cœur artificiel entièrement mécanique. L'introduction en Bourse de la société qui le fabrique est un franc succès car on en attend des bénéfices considérables. Le cerveau bionique n'est plus très éloigné.

Au-delà du fameux malaise dans la civilisation cher à Freud, le secret du malaise de l'être humain c'est à l'évidence le déni de sa propre fin.

— Vous n'avez rien de plus drôle à me raconter ?

— Pour vous faire sourire, je vous dirai que "la mort n'est en définitive qu'un défaut d'éducation puisqu'elle est la conséquence d'un manque de savoir-vivre.".[41]

Si bizarre que cela puisse vous paraître, je me suis toujours intéressé au rire. Ne vous méprenez pas, il ne s'agit pas de l'apologie hygiéniste dont il est de bon ton de nous bassiner aujourd'hui mais d'une prolongation de mes réflexions sur la mort, reflet de l'adage “Rira bien qui mourra le dernier”.

J'exclue le rictus tragique et figé que le destin et les crapules avaient gravé sur le visage du héros hugolien[42] pour magnifier le grand rire expulsif de celui qui sait la force irrésistible de la dérision ou de la satire, de celui qui

[41] André Isaac, dit Pierre Dac (1893-1975), est un humoriste et comédien français. Il a également été, pendant la Seconde Guerre mondiale, une figure de la Résistance contre l'occupation de la France par l'Allemagne nazie grâce à ses interventions sur Radio Londres.

[42] Dans "L'homme qui rit", Victor Hugo écrivait prophétiquement : "Faire rire, c'est faire oublier. Quel bienfaiteur sur la terre qu'un distributeur d'oubli."

connaît les vertus salvatrices de ce réflexe vital[43] inscrit en nous depuis que l'homo sapiens s'est élevé au-dessus du règne animal, de celui qui a vécu dans sa chair la nécessité de dompter momentanément sa terreur et son désespoir par l'explosion physique des émotions plaisantes, là où l'intellect, la dialectique, la ratiocination, le discours, la pensée et la raison sont anesthésiants[44], trompeurs, impuissants et inutiles[45].

J'ai su, dès l'enfance, que toute réflexion, toute philosophie stoïcienne ou autre, toute pseudo-consolation est vaine devant l'inéluctabilité de la mort. Toutes les techniques de survie, tous les plaisirs, toutes les distractions, tous les excès sont certes bons à prendre, pour peu que l'on en aie le désir, mais, au bout du compte, à quoi bon ? Quel que soit le bilan final, que l'on ait vécu désespérément dans le rouge, que l'on se soit joyeusement évadé dans le vert, que l'on ait mariné dans le noir ou que l'on ait privilégié un sage équilibre, il nous faudra un jour partir sans bagages dans l'épouvante[46].

---

43 Selon Darwin, un réflexe vital est un réflexe qui est indispensable à la survie de l'espèce.

44 La foi, si on l'a, ou si on croit l'avoir, reste l'anesthésiant majeur mais ce ne sera jamais que "l'opium du people".

45 Voir le concept de catharsis (purge) selon Aristote, appliqué aux arts du spectacle destinés à libérer l'esprit de ses angoisses. Le cri remplit aussi le même rôle (cf: "Pratique de la joie devant la mort", de Georges Bataille et le "Cri primal" d'Arthur Janov).

Abandonner définitivement ses amours, ses joies et ses peines, ses dérisoires ou majestueux secrets, son cher moi si précieux ou si farouchement haï, quitter les autres qui, eux, continuent de vivre, ne plus être là, jamais, irrévocablement, qu'on le veuille ou non ! Et peu importe que l'on soit le plus riche du cimetière ou que l'on soit oublié dans une fosse commune. Rien à faire de ce que nos cendres soient dispersées au vent ou que notre chair pourrisse sous terre. Aucune satisfaction anthume ou posthume à tirer de ce que notre mort ait été sereine ou infâme[47]. Quelle infinie terreur pour les âmes bien nées qui ont le malheur[48] de ne croire à rien.

— Que faire ?

— Il n'y a absolument, radicalement, définitivement rien à faire. Tout juste peut-on en rire jusqu'à en mourir.

Sans vouloir se livrer à de futiles et épuisantes études d'exégèse, il était évident pour moi que tout mon

---

46 "Ce n'est pas que j'aie peur de la mort, je veux simplement ne pas être là quand elle arrivera." (Woody Allen, interview de 1975)

47 Il y a avant et après la mort mais il y a aussi "pendant". Ce n'est pas mieux mais n'oublions pas que mourir est un verbe intransitif! Du temps où les instituteurs n'étaient pas encore devenus des professeurs des écoles et où l'on se préoccupait d'apprendre l'orthographe, il était courant de dire que "nourrir" prend deux "r" car on mange plusieurs fois, mais "mourir" un seul "r" car on ne meurt qu'une fois (sauf au cinéma).

48 Ou le bonheur. Ou la sagesse. Ou la décence!

travail, ma personnalité et mes comportements avaient été commandés par ma peur panique de la mort. Le rire en constituait une des clés révélatrices.

— Vous-êtes vous pour autant abandonné au désespoir ?

— Certainement pas.

Cela aurait manqué d'élégance. J'avais très tôt mis au point et pratiqué plusieurs stratégies originales, intriquées l'une dans l'autre comme des poupées russes, privilégiant le contournement, l'évitement, la survie, le sommeil, les plaisirs et la bonne vie. Qu'il s'agisse du rire, bien sûr, de la garde rapprochée des femmes, mais aussi des amis et de la famille, de la pratique assidue de la non-hygiène de vie et, enfin, du suicide lent, je ne m'étais pas privé, sinon de les prôner, du moins de les utiliser largement.

Puisque rire détend, protège, aide à communiquer, est une gymnastique douce, combat le stress, favorise le sommeil, chasse les angoisses, efface les déprimes, fait baisser la tension, aide à digérer, est bon pour la santé, fait vivre vieux et, surtout, fait plaisir, le rire était devenu bien plus que ma signature, c'était mon être au monde, mon jogging, mon Tao, mon Yoga, ma méditation, mon aspirine, mon Prozac et mon médecin - sans doute le seul dont je suivais les conseils -, mon unique rempart contre la mort. Mais, comme tout rempart, je le savais insuffisant, provisoire et destiné à être enfoncé par les coups de boutoir de la Camarde.

Saviez-vous que, selon la Bible, le Roi Salomon avait tellement peur de mourir qu'il ne pouvait dormir que dans une pièce illuminée, entouré d'une armée destinée à le protéger et à écarter la mort ?

— Je l'ignorais. Vous n'êtes pas un descendant du bon roi Salomon, que je sache.

— J'avais d'autres méthodes, toutes aussi souveraines. Pendant toute une époque, je me couchais tard, très tard, je dormais dans la matinée et passais mes soirées et mes nuits à fumer, boire et manger, entouré d'amis, de jeunes filles, de femmes, de groupies, d'artistes, d'écrivains, de collaborateurs, d'inconnus, de courtisans, de zombies et de parasites. Tous m'aimaient et moi, tel un monarque débonnaire et démocratique, je choyais cette armée qui m'entourait, me gardait, m'escortait, me distrayait, me protégeait de l'angoisse, de la solitude, de l'ennui, de la nuit hostile et de la mort.

Et pourtant, j'aimais mon lit, j'adorais parfois me réfugier seul sous la couette pour y dormir et y rêver[49]. Après tout, si un tel stratagème était possible, le sommeil serait un bon moyen d'apprivoiser la mort[50]. Sans céder à cette utopie, je ne dédaignais pas tenter de me souvenir, car, selon Ernst Junger, "la mort est le plus profond souvenir".

Je ne menais pas une vie saine ! Qu'il s'agisse des stricts critères hygiéno-diététiques de nos Diafoirus actuels, aberrants et particulièrement contraignants ou même d'attitudes médicales plus tolérantes, encore en vigueur au début du siècle précédent, il est impossible de prétendre que je ne courtisais pas assidûment l'hypertension artérielle, l'excès de cholestérol, l'infarctus du myocarde, l'insuffisance respiratoire ou l'attaque cérébrale.

J'étais cependant animé d'une immense énergie dans mes conduites et, surtout, d'une logique implacable. À quoi bon économiser sa vie, ses forces et son argent tel un petit rentier frileux, craintif et précautionneux alors que, inévitablement, les emprunts russes, les junk bonds et les fonds communs de placement ne vaudront plus rien

---

[49] "Le rêve est une stratégie de survie." (Jonathan Winson, Pour la Science, janvier 1991).

[50] Je note ici que l'orgasme est volontiers nommé "petite mort" C'est la meilleure façon de se préparer à la grande.

dans un proche avenir. À la roulette de la santé, il y a aussi peu de chances qu'au Casino, c'est toujours la banque qui gagne. Autant accepter le réel, se faire plaisir, dépenser, se dépenser sans compter, et après moi le déluge. Il est déjà pénible de savoir que l'on va mourir, inutile de se priver en plus ![51]

— Pourquoi ne pas vous être suicidé ?

— J'avais - et j'ai toujours - le suicide en horreur. Ce serait pourtant, selon les bons auteurs, la seule véritable solution intelligente à l'incontournable problème de la mort. Pas le geste désespéré, banal, ordinaire, voire médiocre, du banquier ruiné, de l'amoureux abandonné, du malade sans espoir, du résistant capturé, du terroriste haineux, du Japonais dèshonoré ou du Russe neurasthénique empêtré dans les replis douteux de l'âme slave. Non, le suicide présumé viril et glorieux de celui qui décide souverainement que, puisque la mort est inévitable, la seule liberté qui nous resterait serait de nous l'infliger nous-mêmes. Les exemples abondent[52] et ne sont

---

51 Une célèbre anecdote concerne Tristan Bernard. Arguant de difficultés financières, ce dernier venait de taper un ami d'une somme importante. Le soir-même le prêteur retrouve Tristan Bernard en train de dîner somptueusement au Fouquet's. Il s'en étonne et fait des remontrances. Imperturbable, Tristan Bernard lui répondit: "Il est déjà assez pénible d'être pauvre et tu voudrais en plus que je me prive!".

guère convaincants pour qui a peur de la mort. Vivre[53], vivre pour tout voir, tout connaître, tout absorber, tout étreindre, reste la seule valeur séduisante même si elle sera toujours fugace.

J'avais moi-même caressé - et conjuré - l'idée d'en finir volontairement. Me suicider pour me dépayser...[54], pour tuer un juif, comme tout le monde[55]..., parce que je me plaisais à inventer mille raisons de m'en vouloir, par jeu, comme, parait-il, ces compagnons de fête qui s'installaient au comptoir d'un bar parisien et buvaient. Le premier qui meurt a perdu.

En revanche, j'avais bien un temps courtisé l'autodestruction lente et inconsciente, ou peut-être trop consciente. Ma non-hygiène de vie représentait à la fois une quête des plaisirs, un désir de dépassement des limites, un remède à l'angoisse, un fatalisme du type "qui vivra verra", une provocation, un refus de la

---

[52] Mon préféré est le comte Potocki, auteur du "Manuscrit trouvé à Saragosse", qui pendant de très longues années usa petit à petit, en la caressant et en la polissant chaque jour, la boule d'argent qui ornait sa théière jusqu'à ce qu'elle aie la taille d'une balle de revolver, dont il se servit alors pour se faire sauter la cervelle. Quelle patience et quelle détermination !

[53] À la fin du XIXe siècle, une personne menant "une vie dissipée et ne songeant qu'aux plaisirs" était dénommée un viveur. Le viveur vit, lui !

[54] "Avez-vous peur de la mort ? Non, je suis bien trop curieux!" (entendu dans un bistrot).

[55] Selon Roland Topor.

culpabilisation et un choix de conduites à risques complètement assumé[56].

De même que l'une des seules façons de ne pas voir la mort venir est d'être dément et donc privé de cette connaissance, tel un héros antique, j'avais couru à ma perte la tête haute, bravant le sort et la mort en me plongeant dans d'incessantes aventures sexuelles, des épopées gastronomiques et des plaisirs potentiellement mortels. Mon immense appétit de vivre m'avait fait courtiser de bien belles égéries, sublimes, inoubliables, bouleversantes, quelconques, ingrates, intéressées.

Parmi elles, j'espère que, le jour venu, seule la Grande Faucheuse aurait la décence, l'amitié, quasiment la tendresse, de me tuer d'un coup, sans que je la voie venir.

— Et vous espérez vraiment me plaire en me racontant tout ça ?

— Pourquoi pas... Vos penchants sont hors de commun, comme vous l'êtes vous-même, et vous me

---

[56] De telles conduites à risque (alcool, tabac, toxicomanies, excès alimentaires, automobiles, sports de l'extrême, etc.) sont bien connues en pratique médicale. L'attitude normative des médecins se heurte toujours au désir des individus qu'il est souvent vain de vouloir réformer. L'attitude "préventive" actuelle joue largement sur les mécanismes de la culpabilisation, avec plus ou moins de succès. Faut-il le déplorer ?

semblez plus intéressée que rebutée par notre marivaudage.

— Curieuse, mais pas de n'importe quoi. De toute manière, il est déjà deux heures de l'après-midi, je n'ai même pas déjeuné et je dois partir pour aller reprendre mes enfants.

— Vos enfants ? Quels enfants ?

— Les deux que j'ai eu avec un homme que j'ai quitté il y a trois ans. C'est une des raisons pour lesquelles je me suis mise à écrire[57].

Nathan ne cherche pas à la retenir. Rendez-vous est pris pour un week-end prochain où Nathan n'est pas de garde et où les gosses de Kate seront chez leur père. Ils décident de se retrouver à mi-chemin entre Sainte-Marguerite et Paris. Un lieu neutre, un bar d'hôtel. Avant de disparaître, elle lance sa flèche du Parthe.

— Ces quatre femmes, je présume que vous m'en direz plus. J'ai l'impression que ce sont elles les plus

[57] James Graham Ballard (1930-2009) raconte qu'il était devenu écrivain pour pouvoir travailler chez lui et s'occuper des enfants après la mort de sa femme.

intéressantes, les plus intenses, elles qui sont le véritable clou du spectacle, à défaut d'être les clous du cercueil.

— Pas mal... Je vous dirai tout, ou presque. Je les nomme les quatre cavalières de l'Apocalypse.

— Pas mal... Vous serez Glen Ford, je serai Ingrid Thulin à moins que je ne choisisse Yvette Mimieux. J'ai hâte de voir le film[58].

---

58 "Les quatre cavaliers de l'Apocalypse", film de Vincente Minnelli (1961)

Les quatre cavalières de l'Apocalypse

Avant de se retouver au bar du Splendid, un hôtel confortable qui porte mal son nom mais qui a gardé une ambiance de bon aloi pour notables de province, Kate et Nathan ont échangé de nombreux textos et quelques mails. À l'ère du numérique, l'*understatement*[59], la concision dans l'expression des émotions et la vitesse priment, la relance immédiate est la règle, comme au poker. Cette intimité distanciée leur a plu, elle échauffait l'imagination de Nathan alors que Kate refusait de lâcher le moindre pouce de terrain devant ses avances. Seuls quelques émoticônes[60] pouvaient rendre compte de leur état d'esprit réel.

Il est 5 heures du soir, le bar est calme et agréable, il est trop tôt pour les voyageurs de commerce. S'ils étaient restés au comptoir, Nathan aurait pu vérifier que les tabourets sont exactement à la hauteur voulue pour enlacer la taille de sa compagne. Ils s'assoient dans une

---

[59] Terme anglais impossible à traduire exactement en français, dont on peut approcher la signification par sous-estimation, euphémisme et litote.

[60] Courte figuration et petites images, symboliques d'une émotion, d'un ressenti, d'une ambiance ou d'une intensité, utilisées dans un texto. Elle permettent de communiquer brièvement, à l'écrit, une information comparable à une expression faciale, au ton de la voix ou à une gestuelle à l'oral.

alcôve matelassée et choisissent de rester face à face[61] en dépit de la disposition peu propice de la banquette autour de la table. Ils se sourient, se regardent et attendent que le garçon viennent prendre leur commande. Dans sa vie précédente, Nathan aurait claqué des doigts pour attirer son attention et le faire venir plus vite. Aujourd'hui, il patiente poliment. Nathan se méfie des cocktails locaux et choisit un bourbon sans glace. Aventureuse ou indifférente, Kate se laisse tenter par le Champagne de la maison, qui n'est pas son préféré. Elle demande qu'il lui soit servi dans un verre à vin et pas dans une coupe. Nathan approuve, le serveur s'étonne.

— Si vous le voulez bien, après avoir bu un verre et parlé de tout et de rien nous irons dîner en ville puis nous dormirons ici, j'ai réservé deux chambres.

— N'allez pas trop vite en besogne. Avez-vous révisé ce que vous avez promis de me raconter ?

— Oui. Quelle impatience, attendez au moins que le barman nous serve et s'éloigne, sinon il pensera que nous sommes deux conspirateurs.

---

[61] Selon l'étiquette arabe, on s'assied face à un ami et à côté d'un ennemi.

— Vous dites cela parce que vous avez peur de vous jeter à l'eau.

— Vous ne vous fourvoyez pas, je crains de vous déplaire ou de vous agacer. Je préférerais tenter de vous séduire.

— Il n'en est pas question, du moins pas pour le moment. Remballez vos gros sabots.

— *Actually*[62] ?

— *Definitily*[63]. On verra plus tard.

— Je les ai trop bien connues ces quatre là, Laurence, l'infirmière bretonne. Claude, la mère de famille. Gisou, qui a été une professionnelle de l'immobilier. Andréa, l'extravagante princesse cosmopolite.

Quatre femmes que j'ai retrouvées par hasard, ou par une ironie du Destin, dans le crépuscule de l'institution Sainte-Marguerite. Quatre femmes qui souffrent de la maladie d'Alzheimer. Quatre femmes qu'une coïncidence à réuni dans cette impasse ouverte vers le vide. Quatre femmes qui ont brûlé leur vie. Quatre

---

62 En fait
63 Certainement.

femmes qui ont aimé le même homme, qui m'ont aimé. Quatre femmes qui semblent avoir tout oublié mais dont je me souviens. Que dois-je apprendre d'elles ? Quelle faille ces choix amoureux révèlent-ils de moi ?

J'ai été un homme séducteur, égoïste, attentionné, charmant et charmeur, prêt à tous les compromis et à toutes les aventures. Un homme menteur et honnête. Un homme mûr et infantile. Un chien fou prudent. Un jouisseur austère. Je suis un homme qui aime tant la vie que je veux - ou que je voulais - la vivre en double, en triple, à l'infini. Un homme que la fin obsède. Un médecin compétent et détaché. Un médecin que son métier confronte à la mort plus qu'à la vie.

Après avoir tout lâché à Paris, la nécessité et ma profession m'ont conduit à prendre en charge l'unité de soins où j'ai revu ces anciennes maîtresses. Bien d'autres questions ont surgi depuis, dont je n'ai pas les réponses. Pourquoi ont-elles perdu la tête ? Que s'est-il vraiment passé ? Suis-je responsable de ces drames ? Suis-je coupable de non-assistance à personnes en danger ? Que dois-je faire ou qu'est-il possible de faire ? Pourquoi elles, pourquoi moi ? Je suis un médecin qui estime que dans l'état actuel des connaissances les solutions n'existent pas. Un spécialiste qui sait que tout traitement est illusoire et que le maternage institutionnel n'est qu'une autre forme insidieuse de déchéance.

J'exècre la compassion. Mais je ne peux plus me voiler la face devant mon angoisse et mon impuissance. Je suis un homme qui ne peut plus hausser les épaules et passer à autre chose. Un homme qui ne croit à rien, sinon qu'il court de plus en plus vite vers l'inéluctable ligne d'arrivée. Je comprends que ces femmes aient pu choisir de m'oublier. J'admets que se dissoudre dans la démence c'est peut-être la seule façon d'exorciser les regrets. Je me demande parfois si je ne préférerais pas me réfugier dans l'oubli pour ne plus être terrorisé par le néant.

— Je ne vous savais pas aussi tourmenté par les démons de la littérature russe, j'ai l'impression d'entendre une adaptation féminisante et mal traduite de "Salle 6" de Tchékov[64].

---

[64] La salle n° 6 est le pavillon des fous. Il y a là cinq hommes. Le docteur Raguine est le directeur de l'hôpital. En poste depuis plusieurs années, il avait essayé à son arrivée de lutter contre la saleté, le vol des malades par le personnel, la corruption, mais devant l'ampleur de la tâche, son manque d'autorité et sa faible volonté, il a renoncé. Depuis, il n'assure que quelques visites par jour, passe ses journées à lire chez lui et déplore d'être coincé dans un trou perdu, sans personne d'intelligent à qui parler. Rentrant par hasard dans le pavillon n° 6, Raguine est insulté et menacé par Gromov, un des patients qui voudrait être libéré. S'ensuit une discussion entre le fou et le docteur qui ravit ce dernier, car il trouve enfin quelqu'un à qui parler. Le docteur Raguine prend l'habitude de bavarder pendant des heures avec Gromov. Ces palabres inquiètent son assistant qui organise avec les autorités de la ville une réunion où l'on questionne Raguine.

— Vous êtes cruelle. Mais la comparaison, si elle est surprenante, n'est ni fausse ni inadaptée, Tchékov était médecin lui aussi et savait de quoi il parlait. Raguine choisi de vivre la vie de ses patients, c'est à dire leur mort, car lui même, désespéré, impuissant à les soigner, privé de raison de vivre, a pour seul but de disparaître dans ce mouroir.

— Je vous en prie, cessez ce nihilisme absurde et complaisant. Vous vous écoutez discourir, vous vous regardez penser, vous vous apitoyez sur vous au lieu d'être rationnel. Vous êtes "comme une truie qui doute" et vous vous vautrez dans l'autosatisfaction. Vous bâtissez des scénarios extravagants pour que je vous plaigne. Vous vous présentez comme l'archétype du bon médecin pour ne pas donner à voir vos contradictions et vous persistez à vous éloigner du sujet. Mais qu'avaient donc toutes ces femmes que je n'ai pas ? Parlez-moi de Gisou.

Nathan optempère.

On lui conseille au final de prendre sa retraite. Il part en voyage à Moscou, Saint-Pétersbourg et Varsovie. Raguine, fatigué, revient à l'hôpital. Son assistant a pris sa place. Raguine est désemparé et coléreux. Son assistant le fait enfermer au pavillon n° 6. Raguine subit maintenant ce qu'il a fait subir aux autres, mais tout lui est égal. Il se sent à sa place, il mourra bientôt d'une attaque d'apoplexie.

Gisou

— Gisou était divorcée. Ses deux gosses déjà adultes ne l'appréciaient guère et elle le leur rendait bien. Cette grande bringue rousse m'a dit plus tard qu'elle était en conflit avec sa famille provinciale et bien-pensante, laquelle critiquait vertement son existence de muse de Montparnasse, solidement plantée au bar de La Coupole où elle tenait salon et acceptait, voire recherchait, les hommages appuyés des bohèmes locaux, plus ou moins désargentés mais portant beau. Je vous dirai plus tard comment sa famille l'a faite interner.

Gisou ne s'intéressait qu'au fric et à la peinture. L'argent, elle le gagnait dans l'immobilier pour mieux le dépenser en achats de tableaux, ce qui bien entendu contribuait à soutenir l'intérêt des artistes qui la draguaient. Comme vous pouvez le concevoir, rien ne fut plus aisé que de la séduire.

Nous courions assidûment vernissages et lofts de la Rive Gauche avant de rentrer chez elle, un peu ivres, pour nous mettre au lit et pour nous livrer à quelques modestes cabrioles. Elle était sans doute frigide puisqu'il me fallait me démener comme un beau diable pour qu'elle obtienne un orgasme probablement simulé[65].

J'ai beaucoup appris sur l'art moderne et, si j'avais été aussi motivé et attentif qu'elle, je posséderais sans doute maintenant une collection d'œuvres tout à fait négociable que j'aurais vendue en bloc, avec d'autant plus de satisfaction que je préfère les murs blancs. Elle était restée catholique. J'ai même eu le privilège de l'escorter dans les coulisses des Journées mondiales de la jeunesse[66] où elle avait décidé de voir le Pape de ses propres yeux. Elle laissait volontiers courir le bruit qu'elle était la maîtresse en titre d'un homme politique en vue, lui-même catholique fervent et père d'une nombreuse marmaille - nul n'est parfait. Au grand dam du voisinage, le véhicule de fonction de ce privilégié bloquait la petite rue montmartroise où elle habitait alors quand son amant ressentait le besoin urgent, et fréquent, de venir décharger ses bourses. Scène ordinaire de la vie parisienne, son fidèle chauffeur attendait au volant et finissait par déplacer la voiture en maugréant quand trop d'automobilistes manifestaient leur impatience. Toujours est-il que, après un épuisant bain de foule papal, suivi d'une brève rencontre protocolaire avec le Pontife, notre

---

65 Selon l'affirmation statistique d'un magazine féminin, 85% des femmes simuleraient l'orgasme. Ce qui laisse supposer que les 15% restantes sont des menteuses.

66 Tenues à Paris en 1997 par Jean-Paul II.

conversation se focalisa sur le cardinal de Richelieu. Ce dernier avait fait planifier et construire une cité portant son nom quelque part dans le Centre ou le Val-de-Loire. Selon Gisou, l'endroit valait le déplacement. Qu'à cela ne tienne, nous prenons la voiture et en route pour Richelieu (Indre-et-Loire). Échanges de vue sans conséquence, France éternelle à peine défigurée par des ronds-points inutiles, sources d'avantageux dessous-de-table pour des élus peu scrupuleux et par de consternants équipements municipaux supposés occuper à peu de frais les loisirs de leurs administrés dociles, petites routes ombragées, douceur angevine, visite rapide d'une modeste bourgade classique aux avenues perpendiculaires tirées au cordeau, souper fin, hostellerie rustique, chambre fleurie, étreintes d'abord laborieuses puis pour une fois passionnées, nuit tranquille, petit déjeuner reconstituant, retour à Paris. Une journée irréprochable, comme je les aime aussi, dans le genre traditionnel, harmonieux : improvisation, prétexte, automobile, voyage agréable, bonne compagnie, occasion, conclusion, et un peu de tourisme culturel en prime, tout y était.

— Tout cela baigne dans l'exhibitionnisme, mais qu'en est-il de Gisou aujourd'hui?

— Comme je vous l'ai déjà signalé, sa famille l'a faite interner. Elle avait certes abusé de sa Carte bancaire, omis de payer quelques loyers, laissé des ardoises conséquentes dans des bars du quartier, acquis à prix d'or des toiles sans intérêt et irrité ses voisins en donnant de trop nombreuses fêtes bruyantes. Mais tout cela aurait été véniel et sans conséquence si ses enfants n'avaient pas lorgné un juteux héritage qu'ils ne pouvaient accaparer qu'en faisant déclarer leur mère irresponsable par un expert-psychiatre soudoyé.

Dans un cas comme celui de Gisou, l'hôpital psychiatrique est la dernière station du calvaire qui mène vers une dissolution complète de la personnalité. La violence des sentiments de Gisou à l'encontre de son entourage familial et de la société en général a tous les caractères d'une défense. Refouler, dénier la peur et la haine qu'elle suscite permet de "tenir" quand le découragement se fait jour et que les souhaits de mort envahissent l'esprit. La démence de Gisou fait ici fonction de processus expiatoire considéré comme la cause unique de tous les malheurs. C'est sur elle que convergent les pulsions agressives nées de l'impuissance et de l'horreur devant la mort inéluctable qui préfigure le déclin. Gisou est devenue le reflet effrayant des jeunes, et elle s'épouvante de ne plus être comme ses enfants qu'elle envie. De ce face-à-face terrible, qu'aucun mot ne vient atténuer car il n'y a plus grand-chose à dire, à se dire, naissent la démence et la souffrance qu'elle promet.

— C'est trop facile d'élaborer des théories et des généralités. Faites un effort, et décrivez-moi Gisou.

— Il y a quelques jours, lors de ma dernière visite à Sainte-Marguerite, elle disait se souvenir de ma courtoisie, de ma dignité et de mon image, de sensations de nos corps qui transformaient parfois son regard, et de l'atmosphère, voire de l'aura de certains lieux.

J'étais lui, un autre, d'autres hommes : jusqu'où se confondaient-ils à présent en un seul ?

Est-ce l'âge qui embrouille et saccade la linéarité des événements, la mémoire qui lui joue des tours, est-ce la progression de sa folie ?

Je la sentais repousser ce qui lui venait en tête, le fuir, le détester.

Tous ces tableaux qu'elle avait accumulés, tableaux provenant de galeristes, de Foires, de collectionneurs, d'artistes, d'échanges invraisembables, se superposaient dans les tableaux de sa mémoire. Elle les confond.

Parfois un tableau semble se dessiner devant ses yeux, puis une image de vie, et je ne sais ce que je dois en penser, du tableau ou de la vie, ce qui relève de l'un et ce qui est encore l'autre.

Elle racontait des appartements et des maisons dans lesquels elle entrait, dont elle avait l'impression que pour un temps ils lui appartenaient avant d'abriter du monde à demeure. Elle se doutait que c'était des lieux factices. Pourquoi pas après tout, leurs portes s'ouvraient sur l'art, il lui fallait bien gagner sa vie, et bien la gagner tant qu'à faire.

L'argent allait et venait entre ses mains, tantôt pleines, tantôt vides, l'argent y glissait comme ces images qu'à présent elle ne peut retenir, sur lesquelles elle ne veut revenir, tout en voulant de nouveau se les approprier comme si par leurs réminiscences la vraie vie pouvait en être légitimée.

Nathan sort un magnétophone et lui fait écouter un enregistrement.

Kate entend Gisou répéter en boucle, comme un mantra, d'une voix claire et curieusement rauque, des bribes de souvenirs:

“Tu étais aimable, toi, et l'impromptu, et les escapades. Tu étais quoi, architecte ? Probablement car nous visitions ici et là de ces demeures de la province d'antan, que leurs maîtres « dignes héritiers » afin de ne pas les perdre dans les rouages du fisc transformaient en musées ou chambres de luxe. J'aime un certain luxe, toi le confort il me semble : les meubles de prix mais point trop n'en faut, le petit déjeuner servi avec discrétion, et tu étais aimable aussi en me laissant croire que je te faisais connaître des œuvres d'art dont tu ignorais tout auparavant. Auparavant. Au paravent. J'ai un paravent devant les yeux, il se déplie à certains moments comme un éventail et se replie d'un bruit sec.

Tiens, au demeurant j'entends à intervalles plus ou moins espacés des bruits secs, coup de marteau fin de la vente, et clap ! arrêt sur image, et toc, raté, et cela suffit, point barre, end of story.

Tu sais, le médecin m'a dit d'écrire. Que c'est bon pour ce que j'ai - ou pour ce que je n'ai plus. Je lui ai dit au début que je voulais savoir, puis que je ne voulais pas, enfin, je ne sais plus. Justement, je ne sais plus.

Il m'a dit en tout cas qu'écrire c'était thé-ra-peu-ti-que. Que ça m'oblige à remémorer. Sauf que. Sauf que je n'ai pas envie de remémorer. Cela me fait peur : je risque de ressasser. Et cela me fait peur. Je tremble de peur. La mémoire, je m'en fiche. Je redoute autant de me souvenir que de ne plus me souvenir. Se souvenir est doux mais peut se révéler cruel, ne pas se souvenir est doux aussi mais hors du temps que je vis. Et puis je ne sais pas forcément discerner. Si, par moments. Enfin, il me semble.

Jacques c'était mon mari. Jacques : il est venu me voir l'autre jour, conversation anodine, et puis : je suis Jacques, m'a-t-il dit, ton mari. La belle affaire. J'ai vu un homme vieux, portant bien, il avait été mon mari, il me l'apprenait mais je le savais déjà, je ne le reconnaissais pas mais je me souvenais que j'avais eu un mari. Quelqu'un d'autre aurait pu se présenter pareillement.

Je reconnais Geneviève, qui vient tous les jours prendre soin de moi, quelques heures. Mais ce qu'elle me dit ne s'imprime pas. Elle s'affaire, ménage, courses, promenade – je n'aime pas être enfermée.

Il y a un moment m'est venue cette ombre de mari, nos liens se distendaient au fur et à mesure qu'il courait le jupon, comme un ourlet de pantalon se défaisant aiguillée par aiguillée, point par point, fil par fil, centimètre par centimètre. Un bas de jambe plus long que l'autre, ça passe inaperçu et puis non, on se prend le talon dedans un jour en marchant sur le trottoir à côté d'un architecte. Il était dans le jupon, notre mariage dans l'ourlet fichant le camp du bas d'un pantalon.

Jacques, m'a dit Geneviève, courait le Haut Montmartre, et elle a ri en me disant que mon bureau se trouvait dans une impasse près du Moulin-Rouge, c'était le monde à l'envers. Ça fait longtemps qu'on se connaît, vous et moi. Elle a sans doute raison.

Je lui ai dit tout à l'heure : sortez d'ici, je peux bien me débrouiller toute seule. On ne parle comme ça qu'avec les gens qu'on connaît bien.

Avant que je la rabroue elle m'a fait répéter les jours de la semaine, comme à une gamine. Je n'ai pas compris pourquoi. Et elle a posé des pilules dans le creux d'une de mes mains et un verre d'eau dans l'autre : prenez, avalez. Pourquoi je prendrais ces Smarties. Elle a haussé les épaules en même temps que moi : elle est bête ou quoi ? Je vois bien son cirque. Alors pourquoi pas des Smarties, j'ai tout avalé d'un bloc. Il y a des jours comme ça, où elle me fait rire. Des Smarties. Dans un autre vie j'ai eu des enfants, justement ils se battaient pour les Smarties : il en a eu plus que moi, elle en a eu deux bleus et moi un vert et j'en veux un rouge, et pourquoi il en a deux rouges et moi je n'en ai pas. Bon sang, j'ai pas compté se dit la mère, on en est à la deuxième génération de Smarties et ils ont tous le même goût. Parfois les journées sont longues et les nuits courtes, parfois les journées sont courtes et les nuits n'en finissent plus : la nuit tombe sur moi, m'enveloppe, m'effraie, je m'y calfeutre. Mais non, c'est que je m'enfuis pour me cacher dans une forêt sombre et touffue, juste au milieu, hors d'atteinte. Ce médecin me dit doctement, les yeux sur les papiers posés sur son plateau de bureau aux dimensions démesurées : madame "votre maladie". Quelle maladie ? Son plateau de bureau est trop grand, trop brillant, trop vide. J'ai bien vu que la pièce est mal fichue pour en faire un cabinet de médecin, le bureau voudrait en imposer, c'est sûrement ça. Moi, on ne me la fait pas. C'est comment, déjà, son nom ? Moi, c'est Gisèle, et vous ?

Jacques. Gisou, souviens-toi, je suis ton mari. Personnellement, je ne crois pas que le "souviens-toi" soit un sésame pour la mémoire. Je me souviens de ce qui me plaît. Ce qui t'arrange, a rectifié mon mari - et j'ai vu sur son visage un rictus, moitié pitié moitié piteux."
(*silence*)

— Elle est alors repartie de plus belle sur les aménagements d'intérieurs.

"Il fallait toujours suggérer mais pas trop pour que l'acheteur potentiel croie que c'est lui qui en avait eu l'idée. Stratégie de l'agent immobilier : il suggère comme par inadvertance, et ça saute un cran et le client l'a déjà prise à son compte, la suggestion. Il « se projette », on dit. Vous vous projetez ? on demandait. C'est bien toi, l'architecte - quel est ton prénom, déjà ? -, qui avais un jour lancé ça, alors là j'en suis sûre, une phrase du type : petits arrangements avec soi-même. Ou quelque chose comme : notre misérable petit tas... Petit tas de quoi ?

Oui, le médecin doit avoir raison : c'est thé-ra-peu-ti-que d'écrire... : ça fait fonctionner la mémoire, mais là, l'on se confronte au réel : trou de mémoire. Alors non, ce n'est peut-être pas bon d'écrire, j'avais une belle mémoire, bien organisée, des cases dans les tiroirs de mes armoires de mémoire. C'est mon institutrice Madame Roy, rue Littré, qui disait quand il fallait retenir quelque chose : rangez-le dans un tiroir de votre tête, vous aurez à vous en resservir. Ca m'allait bien : les tiroirs dans la tête. Mais il y a eu effraction, le cambrioleur a fait sauter les serrures de chez moi, s'est introduit dans ma caverne aux trésors, il a renversé les tiroirs, j'ai retrouvé tous mes sous-vêtements en vrac par terre, et les jolies combinaisons de La Perla avaient été piétinées. Et les bijoux de chez Fabrice tous volés, et les colliers Mao de collection, et toutes les bagues en exemplaire unique de l'orfèvre de Munster. C'était comme de rentrer dans mon ventre. Effraction. Ne rentre-t-on pas aussi en effraction dans la mémoire ? Mais les tableaux sur les murs étaient saufs, et les sculptures : de belles pièces mais modernes, et imposantes, il n'avait pas dû croire à leur valeur. Je t'ai appelé, souviens-toi. Tu as compati, mais tu avais ce côté efficace donc tu as agi. Le matériel d'accord, mais ça se remplace, on va s'occuper de ta serrure. Je connais un bon serrurier. Tu avais le sens pratique. Tu connaissais toujours le bon peintre, le bon marchand de tapis, le bon menuisier, le bon transporteur, le bon spécialiste dans tel ou tel domaine. Tu connaissais aussi le bon restaurant. Jamais le même, mais peut-être que si. Quel homme changerait de restaurant chaque fois qu'il vous invite? Entreprenant, pressé, empressé, tu n'aimais pas attendre, vrai? Alors la table était disponible ou bien l'on filait ailleurs : on s'arrache, poulette ? Toujours dans Paris intra-muros. Jamais de Smarties, de pop corn, de cinéma. Au fait, tu étais arrivé comment dans ma vie ? Par effraction toi aussi ? Comme un voleur ? Moi dans l'immobilier, toi dans l'architecture, l'art en passerelle pour parler d'autre chose que de béton armé et de réhabilitation, de devis et d'artisans. Tiens donc, dans effraction il y a "action". On s'en fout, je suis pas écrivain. C'est le médecin qui dit qu'il faut écrire. Noter. Faire des listes. Parfois je regarde une liste, et je ne sais pas de quand elle date. Parfois je ne comprends pas le contenu. Geneviève, elle, elle comprend. Elle fait aussi des listes, les remet dans l'ordre, il paraît que je sème la zizanie dans les listes. Et dans les tiroirs. Et qu'il a fallu vider l'armoire à pharmacie, car on ne sait jamais... On ne sait jamais quoi ? Je suis triste. Je suis triste car je ne comprends pas et cela me rend triste. Ou je suis triste parce que je suis triste et que cela ne s'explique pas. La tristesse est un lit avec un oreiller où poser sa tête. Un lit sans homme, ni mari ni architecte, ni l'entrepreneur qui vous traquait dans les coins des appartements, contre ces murs sentant le plâtre frais. Fréquenter un architecte c'est bien, il s'y connaît en destruction et construction, et j'ai dû penser qu'il en allait de même pour les âmes, tu t'y connaissais en destruction et en reconstruction d'âmes, en réparations indispensables, car après tout l'on n'est fait que de ça. Tu prenais, n'est-ce pas, ton métier au sérieux, ou je me trompe? Pourquoi tu reviens, là ? Pourquoi toi et maintenant ? Existes-tu vraiment ou serait-ce encore un de ces tours de passe-passe que l'on s'invente pour passer le temps lorsqu'on est seule. Ni jeune ni vieille mais seule. La solitude : grand fleuve intranquille. Qui peut dire ce qui a été vrai, vrai de vrai ? Amboise, Chenonceaux : belles architectures. Nous y sommes allés sans doute... peut-être. Depuis que l'on m'a dit que je suis malade, je n'entends plus causer de l'imagination. Parce que les malades n'ont pas d'imagination ? Parce que j'imagine une maladie ? Laquelle ? Comme toi, ils n'ont pas de nom. Ce n'est quand même pas moi qui ai décrété que je suis malade."

Laurence

— Ce que vous me racontez de votre relation avec Gisou est bien frivole et superficiel. Vous ne dites jamais ce que vous ressentiez. Peut-être ne ressentiez-vous rien ? Était-elle simplement une occasion de vous distraire ? Ce n'est que quand elle est devenue une malade dont vous avez la charge que vous semblez objectivement vous y intéresser. En est-il de même pour Laurence ?

— Laurence était une infirmière rencontrée à l'hôpital. Une peau brune de Bretonne habituée au grand air, des yeux brun clair particulièrement vifs, des cheveux courts, des muscles nerveux de mauvais garçon, une voix de fumeuse et un blouson de cuir noir. Laurence était lesbienne et vivait dans un hôtel du Quartier latin avec une grande blonde molle. Laurence me plaisait beaucoup et la gageure m'excitait. Pour d'obscures raisons je ne lui étais pas indifférent. J'avais décidé de prendre mes quartiers dans le même hôtel. Après un siège assidu, et après avoir déployé de grands efforts de séduction sous l'œil réprobateur de son amie, j'ai enfin réussi à la convaincre d'essayer les hommes. Au lit, la petite frappe s'est transformée en adorable midinette pleine d'émois puérils et rosissante de plaisir. Nous y avons pris goût pendant plusieurs semaines. J'ignore si pendant ce temps elle continuait de faire des incursions rédemptrices dans la chambre voisine où l'attendait sa blonde. En couple, nous avons fréquenté des boîtes de nuit parisiennes sinistres spécialisées dans les amours féminines, où l'on tolérait tout juste une présence virile. Nous avons voyagé ensemble jusqu'au fond de la Bretagne, où j'ai même rencontré ses parents, des garagistes épatés par l'antique cabriolet dont je disposais à l'époque. Nous avons pique-niqué la nuit venue sur une plage tiède où nous fîmes griller des sardines fraîches sur un feu de bois flotté. Nous avons pris des bains de minuit en nous jurant un amour éternel. Des chromos vécus, datant du temps du Front populaire, sans complications ni contraintes. En veine de confidences, elle m'avoua la veille de notre retour à Paris la raison principale de son orientation sexuelle, et pourquoi elle irait bientôt retrouver sa grosse pour reprendre sa fonction de mec. En réalité, et bien qu'elle le regrettait, elle ne pouvait se figurer qu'elle puisse trouver un homme qui accepterait de lui faire dix enfants. Elle les visualisait tous, élevés dans une grande maison de granit, chaque gosse sur une marche de l'escalier d'honneur en chêne sombre, alignés du plus petit au plus grand. Elle savait que j'étais loin d'être le candidat idéal si tant est qu'il pouvait en exister un. À mon retour, seul, songeur, distrait, j'ai négligé de surveiller la pression d'huile et coulé une bielle dans le moteur fatigué de ma bagnole, abandonnant une épave irrécupérable sur le bas-côté de la route et terminant mon trajet en stop.

Bien des années plus tard, Laurence, amenée par sa blonde Nathalie, qui la surveillait étroitement, est venue me consulter pour des troubles de mémoire. Elles vivaient toujours ensemble, Nathalie et elle. En dépit de ses fantasmes de famille nombreuse, Laurence n'avait plus jamais fréquenté un homme et était restée sans enfant. Nathalie était affolée par les innombrables oublis de Laurence, ses constantes absences, ses journées passées à somnoler et ses nuits sans sommeil, son incapacité à gérer ses affaires et même à faire les courses quotidiennes sans se tromper dans ses achats ou dans sa monnaie. Comme le plus souvent dans ces cas, c'est l'accompagnant qui sonne l'alarme devant les problèmes de l'autre, difficultés dont le sujet a rarement conscience. Il est commun de dire qu'un patient qui vient consulter seul présente rarement une pathologie grave alors que celui qui doit être accompagné va déjà mal.

Laurence était totalement dans le déni. Certes, elle m'a vaguement reconnu, sans pour autant manifester une émotion particulière, elle avait oublié mon prénom, m'appelait Docteur et s'est comportée comme tout patient à qui l'on force la main pour consulter : "Je ne sais pas ce que viens faire ici, je vais très bien, Nathalie s'inquiète pour rien, elle veut toujours me protéger, elle m'étouffe, elle pense que je suis incapable de faire quoi que ce soit seule. C'est pourtant vrai que je ne travaille plus et que Nathalie veut s'occuper de tout."

Après avoir essayé sans succès de faire appel à nos souvenirs communs, j'ai tenu à strictement me comporter en professionnel, porteur de mauvaises nouvelles. La détérioration mentale de Laurence était déjà manifeste et bien avancée et les tests n'ont fait que confirmer un diagnostic évident de début de maladie d'Alzheimer. Laurence et Nathalie sont reparties bras dessus bras dessous et je n'en ai plus entendu parler jusqu'à ce que je retrouve ma Bretonne hospitalisée dans cette institution spécialisée nommée Sainte-Marguerite.

Nathan ressort son magnétophone. Une voix impersonnelle, chevrotante, entrecoupée de longs soupirs, s'échappe de l'appareil.

"Oui, Monsieur, je vais tout vous raconter. Quand Marlène avait son garage à la sortie de Douarnenez, on était pauvres mais heureux. Marlène, il travaillait dur c'est vrai, mais c'était vivant car beaucoup de monde passait par le garage d'autant qu'on était les seuls dans le secteur et qu'on avait aussi deux pompes à essence plus une pompe pour les Solex. Autrefois on embauchait même un pompiste, Yves, il est resté avec nous presque quarante ans, alors c'est comme s'il avait fait partie de la famille. Il a eu bien des malheurs celui-là, avec son père mort en mer sur un sardinier de la flotille de Rosmeur, je m'en souviens encore car la mer fut très mauvaise durant beaucoup de jours, une tempête qui empêchait de distinguer la surface de l'eau du ciel, mais têtus comme des marins bretons, ils décidèrent d'y aller quand même, et sans canot alors c'était fatal. Le mauvais temps dura tant de jours que l'on ferma même l'école, et elle fut ensuite encore fermée à cause des enterrements des corps qui purent être repêchés. À Sainte-Anne-la-Palud, lors de la messe, tous les paroissiens pleuraient, pêcheurs ou pas, tous, une vraie tempête de larmes pour le coup, je m'en souviens comme si c'était hier. [Soupirs] C'est toujours comme ça lors des grandes marées, c'est dangereux, le vent d'Ouest ça peut déclencher des tempêtes terribles... terribles, ça vous en arracherait la raison. Et sa pauvre mère qui resta seule avec cinq enfants, elle se retrouva du jour au lendemain à travailler à l'usine alors que ses mômes n'avaient pas fini de grandir mais elle n'avait pas d'autre choix que de devenir une Penn Sardin! Heureusement le garage était la seconde maison d'Yves et nous étions toujours là pour le réconforter, souvent on l'entendait chanter "E Brest pad veing arrued" qu'il avait appris à l'armée. Ça pour me souvenir, je me souviens, je n'ai pas de problèmes de mémoire moi. Après j'ai continué l'école, Marlène gérait bien les sous, Maman râlait car il lui donnait chaque mois une enveloppe et pas qu'avec des billets, c'était bien compté, pour dire il y avait même de la petite monnaie, ni un sou de plus ni un sou de moins, et à elle de se débrouiller quelles que furent les dépenses. Maman recomptait et soupirait. [Soupirs] Ah! ce qu'elle soupirait Maman, c'était comme un tic nerveux, elle soupirait pour tout et rien, et parfois on entendait plusieurs soupirs en un, on aurait dit qu'elle faisait des économies de souffle, ou qu'elle allait s'arrêter de respirer. Mais elle riait aussi, il ne faut pas croire qu'elle n'était pas bonne vivante. Ensuite je me suis occupée de Maman malade mais elle était facile car en perdant peu à peu la tête elle devenait plus gentille, comme si elle avait oublié son caractère bien trempé de Bretonne, et puis elle n'a pas fait long feu, que Dieu la garde. Ensuite je suis partie à Paris mais je me suis retrouvée à l'hôpital tous les jours, ne me demandez pas pourquoi car je ne sais plus, pourtant j'y ai rencontré plein de monde, toutes sortes de personnes, peut-être parce que j'avais cette frimousse avec des taches de rousseur qui me rendait sympathique, et l'air marin m'avait donné une bonne mine pour la vie même si quand on se retrouve à l'hôpital tous les jours on y est forcément pour quelque maladie, mais voyez, je m'en suis sortie. D'ailleurs Maman m'appelait Mousse, mousse comme moussaillon, mousse comme frimousse. Elle m'appelait aussi Mimosette jolie brunette, car c'était une chanson de quand elle était petite et que je suis brune. Si, si, vous ne le croirez pas mais ce n'est pas des taches de vieillesse que j'ai sur le nez, c'est encore des taches de rousseur si vous regardez bien. Ici aussi, l'infirmière me salue presque tous les matins avec : "Vous avez bonne mine aujourd'hui, Madame Le Du!" Elle me dit aussi qu'elle aime bien son métier et que j'en sais quelque chose, ah oui, je vois bien qu'elle aime bien son métier. [Soupirs] Marlène qui s'était retrouvé sans femme à la mort de Maman est venue un peu avec moi, et qu'est-ce qu'il avait la peau douce, Marlène, je l'ai découvert à ce moment-là, douce et chaude et il était grand et j'aimais son odeur, et c'était chaud et bon d'être contre lui, c'était rassurant, je me sentais en sécurité, c'était l'amour de ma vie. Il est venu à la capitale juste les premiers temps, et comme j'étais entre deux appartements à ce moment-là nous avons logé à l'hôtel et je lui ai fait visiter Paris. Pas tant que ça parce qu'il était quand même triste d'avoir perdu sa femme, ça lui faisait drôle, qu'il répétait, ce vide au garage et à la maison, personne pour l'attendre. Nous n'avons quand même pas visité tous les monuments de Paris car je ne les connaissais pas encore tous et je crois que je ne les ai jamais tous connus d'ailleurs, c'est grand une ville comme ça et on met du temps à s'y retrouver, et puis il est reparti assez vite car il aimait mieux l'odeur de l'essence, des pneus et de l'huile de moteur que celui du bitume. Et aussi le parfum de la mer, celui des sardines fraîches sur le port emprisonnées dans les filets bleus, l'odeur des salines, il aimait ça, Papa, c'était un Douarneniste. Paris ça ne lui disait trop rien. C'était un vrai papa, Marlène Le Du, des comme on n'en fait plus, on lui obéissait, mes frères et moi. Il était bougon par nature mais son cœur était juste. Je ne sais pas si je vous l'ai dit, mais tout le monde l'appelait Marlène, au garage comme à la maison, et même nous les enfants nous l'appelions par son prénom et non Papa, quand je dis Papa c'est pour faire comme les autres. J'allais souvent le voir, aussi longtemps qu'il fut en vie, puis en retraite, il y tenait, j'étais sa préférée. Gare Montparnasse, ah! si je connais bien cette gare. J'ai vu la tour avec l'horloge tomber, je vous assure, et je n'étais pas la seule à regarder ce matin-là. C'était dans les années soixante, Marlène nous avait emmenés à Paris avec mes frères.

(Pause)

Je suis toujours retournée à Douarnenez, à vrai dire je n'ai plus jamais trop aimé les sardines après la disparition du sardinier, ça m'avait beaucoup marquée avec tout ce chagrin noir comme le mauvais temps, je garde en mémoire que le deuil avait duré des lustres. Mais y a eu ce type avec lequel j'ai eu les enfants... Nous étions venus visiter mes parents et il m'a emmenée sur la plage à la nuit tombée, et on y a fait griller des sardines, et on avait sans doute un peu bu car je ne me serais pas vue aussi facilement griller et manger des sardines comme au bon vieux temps avec mes frères. Il s'appelait Marlène comme Papa ce qui m'avait fait bizarre au début, mais avec des cheveux blonds et longs car c'était la mode à l'époque et non courts et abondants comme ceux de Papa. Comment j'ai eu ces enfants après, eh bien l'un après l'autre, j'avais toujours rêvé d'avoir une tripotée d'enfants et par chance il était d'accord, j'ai l'impression qu'ils ont tous été faits sur la plage des Dames à Douarnenez, c'est sûr que c'est toujours aussi joli et si vous n'y êtes jamais allé, je vous la recommande. C'est une plage après un petit bois, elle n'est pas immense, juste bien pour y faire des enfants en se séchant près d'un feu de bois flottant après un bain de minuit. Ah! on ne s'est pas privé de câlins, c'est bon ça les câlins, je n'étais pas coincée de ce côté-là car c'est naturel, et je l'aimais le corps de cet homme-là, chaud et protecteur, mon Marlène à moi, et ses cheveux de satin qui s'enroulaient autour de mon cou et de mes doigts, et son sexe avec ses lèvres pulpeuses qui était une petite caverne de miel que j'aurais pu lécher durant des heures, et même après avoir fait l'amour j'adorais le goût qui restait dans ma bouche.

(Pause)

Où sont les enfants ? Pourquoi ils ne viennent pas me voir? J'en ai eu six et je les connais comme si je les avais faits: six. Tous les jours je pense à eux, et plusieurs fois par jour. Le premier c'est Yann, le deuxième, un garçon aussi, Loïc, la troisième c'est Maëlle, ensuite il y a Brendan, puis suivent les jumeaux garçon et fille Kelig et Katel, pour ces deux-là je voulais de véritables prénoms bretons et puis commençant par un K car je trouvais que ça donnait d'emblée de la personnalité. L'infirmière un jour a écrit les prénoms de mes enfants sur les doigts de ma main du cœur, comme si j'allais les oublier. Marlène mon mari n'a pas voulu avoir plus d'enfants et j'ai respecté son choix car quand même on était deux et je voulais qu'on soit content ensemble sans sujet de fâcherie. C'est important, dans un couple, la bonne entente. Je n'étais pas une femme à porter la culotte. Et puis Marlène était vétérinaire, il s'occupait de toute sorte de maladies, ça prend beaucoup de temps ce genre de métier, vous savez. Je l'aimais je crois, mais je dois bien dire que parfois il se prenait pour un médecin. Je ne sais pas depuis combien de temps je ne suis pas retournée à Douarnenez, au garage, fleurir la tombe des parents et tout ça. Après tout je suis bien ici, on me dorlote... On s'occupe de moi mieux que ne le faisait Marlène, qui est morte maintenant. je ne sais plus comment elle est morte. Je me souviens déjà de presque tout comme vous pouvez le constater, alors que ce détail m'échappe ce n'est pas grave, quand on est mort on est mort après tout, et puis il s'y connaissait en maladies et comme on dit les cordonniers sont les plus mal chaussés. C'était lui le père de mon petit Kelig... Maëlle était si mignonne, elle était ma préférée mais je n'osais pas le dire car ça ne se fait pas d'avoir un préféré. Yann, sur les photos, était toujours sur la plus haute marche de l'escalier, toujours. Et les autres, qu'est-ce qu'ils sont devenus ? Où sont passées les photos ? Je vais vous les montrer, on me les a peut-être prises, on m'a pris plein de choses, même mes chaussettes je ne les retrouve jamais, je ne les retrouve plus. Ça fait longtemps que je n'ai plus mangé de sardines sur la plage, grillées à point sur un feu en bois avec lequel mes frères adoraient jouer. Il avait droit de jouer avec le feu mais pas moi,

Marlène m'en empêchait et je me faisais traiter de pleurnicharde, il me disait : va-t-en plutôt barboter un peu dans l'eau. Ici à l'hospice, on mange des sardines en conserve - et encore, c'est rare -, bien serrées comme doivent l'être des sardines dans leur boîte et ça me fait de la peine, en vrai ça me serre le cœur."

(Voix de Nathan au magnétophone :)

— Mais qui est Marlène?

"C'est mon amie de cœur! Mon mari! La femme de ma vie! C'est Nathalie, j'ai bien dit Nathalie? D'où sort cette Marlène? Je ne connais pas de Marlène. C'est à cause de Nathalie que je n'ai pas eu d'enfant. Je ne veux pas parler de Nathalie, je la hais. C'est elle qui m'a fait enfermer ici. [Soupirs] Elle veut faire croire qu'elle vient me rendre visite mais je ne la vois jamais."

(pause)

Excusez-moi, je commence à être un peu fatiguée."

Claude

— Je crois que je commence à comprendre ce que vous voulez dire. Et Claude ?

— Difficile à admettre aujourd'hui mais Claude a été jeune, fraîche et belle, du moins à mes yeux. Nous sortions de l'adolescence. Mon pote Victor et moi avions décidé d'aller draguer devant un lycée de filles - les établissements mixtes n'existaient pas encore - à la sortie des épreuves du bac de philo. Victor connaissait déjà vaguement Manuelle, qui était la meilleure amie de Claude. Nous voilà partis en goguette tous les quatre par une belle après-midi d'été où Paris nous appartenait. Cette première rencontre n'avait rien d'exceptionnel et d'ailleurs je trouvais Manuelle beaucoup plus sexy avec ses ballerines plates, sa petite rose en vichy rose, sa lourde chevelure noire frisottée, son teint mat parsemé d'étonnantes taches de rousseur brunes, son sourire en coin et ses petits seins effrontés. Claude me faisait l'impression d'une blonde placide, de bon ton, un peu lourde et lente, sérieuse, mais tout à fait acceptable en deuxième choix dans la mesure où le premier choix potentiel semblait déjà bien en main. Il ne se passa rien de définitif au cours de cette ébauche de balade romantique, mais nous nous sommes revus très vite en tête-à-tête. Première erreur, renoncer à celle qui plaît vraiment pour se faire la copine qui plaît moins mais est disponible.

Certes, Claude était encore pucelle et avait énormément envie de baiser ce qui représentait une occasion à ne manquer sous aucun prétexte pour le jeune garçon que j'étais, encore peu expérimenté mais prêt à toutes les découvertes. Cela se passa lors d'une soirée chez un copain de lycée, qui disposait d'une suite privée dans le somptueux hôtel particulier de ses parents. Je le revois, refermant derrière lui la porte de la chambre avec un coup d'œil appuyé à mon égard. Cette première fois fut très bien, dès la gêne initiale passée, dans le genre classique, missionnaire et sang sur les draps. Les suivantes aussi. Sous ses allures de colin froid, Claude aimait vraiment beaucoup faire l'amour, participait pleinement, se donnait à fond, flattait mes performances, était toujours prête à remettre le couvert. En disciple niais d'André Breton, la tête farcie du surréalisme toc propre à cette époque, je m'étais rapidement persuadé que j'avais déniché l'étalon-or, je connaissais l'amour fou. Deuxième erreur. D'autant plus que, ne reculant devant aucun poncif, nous avions réussi à persuader nos parents respectifs que nous nous mettions tout de suite à la colle en emménageant dans une classique chambre de bonne pour étudiants boursiers et nécessiteux, tout cela au nom de la poésie, de la liberté souveraine et de la toute-puissance du désir. Foutaises, nous ne nous connaissions guère, nous n'avions pas grand-chose en commun, mais nous étions avides de sexe, toujours plus de sexe, le reste de notre vie étant une sorte de brouillard approximatif où chacun se démenait, expédiant tant bien que mal les affaires courantes et poursuivant ses études en essayant de les rattraper. Cela s'appelle l'amour ?

Nos ébats négligents nous ont menés à la maternité de Port-Royal où notre fille est née, une petite dizaine d'années avant la loi Veil sur le contrôle des naissances. C'est dire à quel point j'ai pu y être favorable ensuite. Nous étions inconscients, désinformés, fatalistes et dépassés par les événements. Les faiseuses d'anges et leurs aiguilles à tricoter nous terrorisaient, les expéditions salvatrices vers les cliniques suisses étaient hors de notre portée, les médecins français n'avaient pas encore découvert les délices de la désobéissance civile et les 343 Salopes[67], si elles avaient l'âge de manifester, avaient sans doute d'autres priorités en tête. Je revois une photo terrible, où je tiens maladroitement un bébé qui risque à tout moment de glisser hors de mes mains crispées, un pauvre sourire aux lèvres, et vraiment pas faraud à côté d'une femme encore épuisée par un accouchement interminable. Quel vrai remède à l'amour qu'un enfant imposé par des contraintes sociales dépassées, par la peur et l'ignorance. J'ai assumé, j'ai fait contre mauvaise fortune bon cœur, je me suis joué le film du jeune père aimant, présent, satisfait et responsable jusqu'à ce que j'en aie marre.

---

[67] En 1971, dans les colonnes du Nouvel Observateur, 343 femmes signaient un manifeste dans lequel elles reconnaîssaient avoir avorté illégalement.

N'allez pas croire que cette lucidité tardive cache le moindre regret ou soit teintée d'amertume. C'était suivre le mouvement de la vie, c'était vivre l'instant et je l'avais vécu. Si je peux me permettre aujourd'hui d'en revenir c'est parce que j'y suis allé. Le plus positif c'est que Claude m'a définitivement vacciné contre les femmes aux prénoms mixtes, une répugnance devenue chez moi instinctive.

Kate lève les yeux au ciel devant ces propos teintés d'outrecuidance. Nathan en rajoute sans doute.

— Claude n'a jamais vécu dans le réel, s'intéressait à peu de choses, pas même aux patients qu'elle rencontrait dans sa profession de psychologue dans un service hospitalier. Elle n'avait pas d'amis, sortait très peu, vivait hors du monde, et je me demande encore aujourd'hui ce qui pouvait lui faire plaisir en dehors du sexe - qui n'eut qu'un temps - et était rapidement devenu laborieux. Elle prétendait adhérer aux idées de Lutte ouvrière, allait parfois à la fête du parti, votait sans doute pour ses candidats, tout cela tel un zombie par automatisme de rejet de sa classe sociale d'origine, nantie et protestante. Elle n'aimait ni la nouveauté ni le désir. Elle affectionnait les vêtements usagés et rapiécés, la cuisine des restes et détestait tout ce qui pouvait être un signe de réussite sociale. Je comprends aujourd'hui que sa haine de la bourgeoisie n'était autre qu'une forme pernicieuse de haine de soi. Je me souviens qu'elle me parlait avec admiration de sa grand-mère paternelle, laquelle, après avoir été abandonnée par son mari, avait choisi de vivre comme une pauvresse. Elle habitait dans une masure au sol en terre battue, dépendant d'un château historique, propriété de la maîtresse du père de ses enfants. Cette austérité délirante, opposée à l'opulence du somptueux couple adultérin, lui permettait pernicieusement à la fois de les surveiller et de les culpabiliser. Pour couronner le tout, Claude, après notre séparation, se comportait avec moi comme si nous étions toujours mariés, niant obstinément la situation nouvelle et l'existence de toute autre femme dans ma vie.

Claude ne souffre pas d'une forme habituelle de maladie d'Alzheimer. Claude souffre d'une aphasie primaire progressive[68], ce qui signifie qu'elle a perdu peu à

---

68 L'aphasie primaire progressive non fluente_se manifeste par des difficultés de langage. Elle est dite non fluente car la vitesse de conversation ralentit, les phrases sont moins longues, le patient bute sur les mots, fait des erreurs de prononciation. La compréhension est au départ bien conservée. Certains patients présentent donc plus des difficultés d'articulation et des auteurs les isolent sous le terme d'anarthrie progressive. Un sous-type est également décrit comme apraxie de la parole selon des critères neuropsychologiques plus fins. La démence sémantique n'est pas réellement une démence (en tout cas à la phase de début) et il est de plus en plus question de « dégénérescence sémantique ». Elle se manifeste par une perte des concepts, les patients ne reconnaissant plus les objets qu'ils voient, qu'ils touchent, les

peu l'usage de la parole, qu'elle articule de plus en plus difficilement, qu'elle a donc de plus en plus de mal à communiquer oralement et qu'elle a conservé une partie de ses facultés mentales.. Malheureusement, dans la majeure partie des cas, ces formes d'aphasie évoluent dans les trois à quatre ans vers une maladie d'Alzheimer constituée avec perte des repères et impossibilité de gérer sa vie. En bonne parpaillote, Claude n'a pas voulu être à la charge de ses proches et a anticipé la prochaine phase de l'évolution de sa maladie. Elle a mis ses affaires en ordre quand il en était encore temps et décidé elle-même, il y a deux ans, de se faire admettre dans une institution spécialisée. Je n'ai découvert qu'elle avait choisi Sainte-Marguerite que lorsque j'y suis arrivé pour prendre mes fonctions de médecin adjoint.

— Vous a-t-elle reconnu ?

— Oui, parfaitement.

---

mots qu'ils lisent ou qu'ils entendent. Ces objets semblent avoir disparu de leur connaissance. Parfois cela prend l'aspect d'un trouble de la mémoire ou du langage. Les patients gardent un certain temps la capacité de vivre seuls, d'où le terme inapproprié de démence. Elle est encore considérée par certains auteurs comme une forme d'aphasie primaire progressive (notamment aux États-Unis). Cette forme est alors dite fluente par opposition à l'aphasie progressive primaire non fluente. (Wikipédia)

"Comment.... vas....-tu mon... ché... ri, ça me.... fait plai... sir... de te....voir. Tu sais, Nathan, je me fais du sou... ci pour Chris... tiane..., elle... doit ac... coucher bientôt. Et moi, qui... ai ta queue com... me un ga-let... dans la bou...che."
(*pause*)

— C'est Christiane, notre fille, qui se fait le plus de souci pour Claude. Elle m'a dit au téléphone qu'elle était ahurie par le vocabulaire obscène qu'utilise le plus souvent sa mère quand elle lui parle lors de ses visites.

Nathan lui fait écouter un nouvel enregistrement.

"Chris... tiane, tu m'ap... por... tes ce truc... bite... vite... bite... ce médi... cament... encore... je veux... jouir... plus... fort... la boî... te se trou...ve dans le ti... roir où il y a... tout' les pi... lules... oui, ou... vre-le, ou...vre-moi, écar...te...-moi, c'est bon, là, re... prends... -moi, prends un verre d'eau, prends...-moi, en... core, plus fort, non, pas ce médi... cament... -là, du se... xxxe, du sex... xxxe, dou-ble la dose, tu ban... des com... me j'ai... me, au Tem... ple c'é... tait int... ter... dit, que leurs can...tiques à... deux sous, "Fan-ny si tu con... fesses...", fes... ses, "tes pé... chés...", ta main sous ma ju... pe, ici..., ici... ce n'est... pas... in... ter... dit, dis..., dis...-moi que tu ai... mes te four... rer en moi, vite, sau... va... ge... ment, prends, me... pren... dre, t'en... fon... cer, "Sei... gneur, di... rige et sanc... ti... fie tou... te la

vie... de ces é... poux", sanc... ti... fie tout son vit, mon... é... poux, "Au... joug... fa... ci... le... Plein... de... dou... ceur"... de... sper... me, coït... fa... ci... le, "Jé... ru... sa... lem, ré... jouis... -toi", tu as... joui,... toi? "Viens... voir... en... trer Jé... sus... ton... roi"... Viens... "Jé... sus... sur... un... hum... ble... dos... d'â... ne", con... tre... mon... dos..., assis..., as... sise, com... me ça, "Ô Christ... ac... cep...te... mes... Lou... anges", ô mon é... poux, puis je te su... ce... rai, c'est bon quand... tu l'as bien rai... de au fond... de mon cul... "Jé... sus,... seul... tu me fais... vi... vre", toi Si... mon, seul... tu me... fais... vi... vre, quand... tu me bai... ses, en... co... re un peu s'il te... plaît... Tou... tes ces pé... tas... ses, Nathan, que... tu as... bai... sées... Tu pré... fé... rais... leurs... cons... des... sé... chés au mien qui t'at...ten...dait tout... chaud et... tout hu... mide... Tu ai... mais ca...re... sser mon cli...to, pour... quoi ne le fais-tu plus...
(*pause*)

Leurs can... ti... ques de mer... de, m'en ont re... bat... tu les o... reil... les, à couil... les ra... bat... tues... tu dis... ça... mon... a... mour, c'est... com... me ça en... tre nous, non, ce n'est pas ce mé... di... ca... ment là, trop ex... ci... tant, in... sup... por... ta... ble, sex... xxxe, du sex... xxxe, don... ne... -moi en... co... re ta queue... en... tre... mes... seins... tu vas... voir... tu vois... elle gros... sit, j'ai... beau... coup... gros... si? C'est... ces... mé... di... ca... ments,..., pas... as... sez... d'e... xer... ci... ce, au... lit ou... n'im... por... te où..., je... veux..., je vais... jou... ir, sur... le cli... to... ris..., puis... en... core... au fond... puis... il est... par... ti. Ça y est... je... l'ai ava... lé, ils... ne de... vraient... pas fai... re des gé... lu... les aus... si gros... ses, je l'ai... me quand elle est gros... se,... plei... ne... de... fou... tre... prê... te... à é... ja... cu... ler,... c'est... com... me mou... rir, je moui... lle, je... veux bien... mou... rir, du plai... sir... je n'ai... en...vie que de ça,... en... dui... te de ce que... tu... as... dé... ver... sé en... moi,... sur... moi,... je... n'ai... pas... ren... ver... sé... le... ver...re... d'eau,... tant... mi... eux..., car... par... fois... j'ai... peur... que... mes... mem... bres... aus... si ne... me lâ... chent,... et... ne... se... dé... com... po... sent... com... me... mes... mots... pleins... de s... per... me... dans... la... gor...ge..., a... lors je... ha... lè...te... de... plai... sir, ...ce... se... rait... le... sum... mum... Le... sum... mum... c'é... tait... quand... on... fai... sait... l'a... mour... a...près... un... bon... ver... re,... tous... ces... or... gas... mes... du... plus... pro... fond... au... plus... lé... ger... c'é... tait... si... bon..., tout... mais... ne... pas... mou... rir, je... veux... en... core... pro... fi... ter... de... ce... qui... me... res... te... à... vi... vre... ô... se ...xxxe... tu... es... à... moi,... mais... pas... ma... mort."

— Pénible en effet, mais je veux bien admettre qu'elle n'est pas là uniquement parce qu'elle a quelques neurones déglingués. J'espère que votre quatrième cavalière sera plus excitante pour que nous puissions aller dîner de bon apétit.

— Merci d'accepter mon invitation à dîner. Je vais m'efforcer de vous surprendre.

— Andréa, une sublime grande bringue blonde aux reflets rouquins, aux lèvres boudeuses, à la peau laiteuse, aux yeux charbonneux et à la tenue extravagante tirait la gueule la première fois où je l'ai draguée au Harry's Bar. J'ignore ce qu'elle faisait là, mais toujours est-il que nous sommes repartis ensemble. Une femme très difficile à déchiffrer. Des origines cosmopolites complexes, une vie privée, une vie affective et une vie professionnelle faites de hauts et de bas. Les hauts, très hauts, et les bas, très bas. À cette époque, ses activités dans la mode et la décoration étaient plutôt prospères, mais le reste était désastreux. Deux filles de pères différents, un avortement de triplés, puis un fils naturel d'un troisième géniteur, bijoutier receleur et turfiste de son état, un temps emprisonné pour escroquerie, un seul ex-mari, peintre mondain reconverti en caricature de vieil hippy psychédélique au service des paradis touristiques de l'Asie du Sud-Est, des domiciles luxueux mais transitoires, des accumulations de magnifiques objets kitsch qu'il lui a fallu vendre pour une bouchée de pain, des amants protecteurs mais vite lassés. De toute manière, la vie d'Andréa ressemblait à une visite éprouvante dans un temps d'attraction où l'on passerait le plus clair de son temps sur les montagnes russes. Elle avait assez de ressources physiques et mentales pour supporter le voyage mais il fallait avoir le cœur bien accroché pour l'y suivre. Elle m'a subjugué, j'y ai cédé avec joie, j'en ai dégusté le miel et le sel. Je ne l'ai pas regretté, aujourd'hui il m'est difficile de décrire avec précision les composantes de sa séduction et les raisons de mon ardeur. Je crois qu'elles tenaient dans son inépuisable énergie, dans sa faculté intarissable à encaisser les coups du sort et à rebondir, comme un boxeur sonné qui se relève toujours avant le compte et terminera le match quoi qu'il arrive. Cette âme d'acier se cachait sous une beauté à couper le souffle, sous une fragilité apparente, sous des monceaux de dérision, sous une absence totale d'ostentation et de complaisance, sous une conversation étincelante sans l'ombre d'un lieu commun, sous un emploi hardi, détourné et innovateur d'un vocabulaire franco-russo-espagnol le plus simple en apparence. J'ai pris plaisir à m'ébrouer entre ses cuisses pâles, mais en réalité sans être frigide Andréa n'était pas particulièrement portée sur le sexe; elle savait toutefois être à la hauteur et interpréter sa partition le moment venu. Tout n'était pas rose, mais nous nous sommes bien amusés, jusqu'à ce que les incessants cahots et soubresauts de la traversée, les multiples ouragans, tornades et tempêtes successives n'envoient définitivement par le fond notre beau navire.

— Mais dites-moi, Nathan, votre Andréa, c'était déjà une folle. Telle que vous me la représentez, sa déchéance future était inscrite dans sa vie, dans ses heurts et dans ses choix. Je présume que quand son psychisme a commencé à visiblement se détériorer tout le monde l'a laissée tomber. En me parlant d'elle, vous ne faites que me confirmer votre attirance prononcée vers les personnalités limites. Votre choix de compagnes d'un moment, dont vous me parlez avec un détachement frisant le cynisme m'inquiète. Je vous imagine tel un collectionneur un peu vicieux épinglant ses échantillons sur des plaques de liège, les laissant prendre la poussière jusqu'à ce qu'ils pourrissent. Vous restez à la surface, vous ne vous engagez jamais, et je veux bien croire que ce n'est certainement pas vous qui auriez pris soin de cette pauvre Andréa.

— Certes, je devrais vous approuver. Mais "le cynisme, c'est une façon déplaisante de dire la vérité"[69] ou une bonne couverture qui garantit du froid. Quant à

---

69 Lillian Helman, scénariste et actrice américaine (1905-1984). Dans *Pentimento* (1973), une œuvre autobiographique, elle retrace un épisode de sa vie où sont évoquée ses relations avec l'écrivain Dashiell Hammett.

l'égoïsme que vous me reprochez, n'est-il pas un simple mécanisme de survie ?... De plus, l'empathie à tout crin n'est pas ma tasse de thé, puisque je ne bois que du café.

— Vous espérez toujours vous en sortir par des pirouettes et vous commencez à m'agacer. Je ne suis pas dupe et si vous espérez un seul instant me faire entrer dans ce moule vous perdez votre temps avec moi.

— C'est vous-même qui m'avez demandé ce que ces femmes avaient que vous n'avez pas. Bien sûr, il ne s'agit pas de pathologie mais de personnalités, d'attraction, de séduction et de sensualité. Tout ce que je vous ai confié à propos de ces femmes c'est, je l'espère, tout ce que vous n'êtes pas. Et, qui vous êtes et ce que vous êtes pour moi, je ne le sais pas encore.

En effet, je ne me suis pas occupé d'Andréa après notre séparation et j'ignorais ce qu'elle était devenue jusqu'à ce que je la retrouve, elle aussi, à Sainte-Marguerite. Selon le personnel, depuis quatre ans, elle ne reçoit jamais aucune visite de qui que ce soit, pas même de ses enfants, et son hébergement est pris en charge par les services sociaux. Elle a eu l'air ravi de me voir, comme si nous nous étions quittés la veille, mais en réalité j'étais un visiteur générique et non une personne précise puisqu'elle ne m'a pas reconnu. Un visiteur générique devant lequel elle a déployé le reste de ses charmes et tenu des propos confus qui n'étaient qu'un pâle reflet de son babillage d'antan. Vous allez l'entendre.

Le fidèle magnétophone donne de la voix.

"Vous voulez que je vous parle de ma vie. Mais il y en avait partout de ma vie. La vida. Il y avait la vie, il y avait mi vida dans les yeux de l'ours en peluche posé sur le dossier du sofa. Da, da. Cet ours c'est Julie Driscoll qui me l'avait donné à Londres, après un concert avec Brian Auger & the Trinity. Brian Auger et son orgue électrique, qu'il jouait jusqu'à plus soif et in touch with God, qu'est-ce qu'il planait avec son orgue, al menos tres teclados, una locura, et elle chantant Save Me, et j'aurais voulu qu'elle chante en bis Road to Cairo: I've been travellin'/ Gone a long, long time/ Don't know what I'll find/ Scared of what I'll find. Et elle chantait aussi Let the Sunshine in, mais je pleurais avec Road to Cairo, Have my share of fun/ Now that's a life a man can live/ Sure I've played and lost/ But who minds the cost/ You got to take more than you give. L'ours c'était le cadeau d'un fan, spasibo Julie de m'avoir fait ce cadeau, spasibo, bolshoe spasibo, c'est mon ange protecteur. Elle était presque aussi frisée qu'Angela Davies, après elle a coupé sa tignasse et elle ressemblait à Twiggy, ensuite ça a repoussé mais ça lui allait moins bien c'était comme si ses boucles avaient vieilli avec elle. Mine de rien, on n'était pas trop défoncés à Londres, la musique était suffisante pour planer. Kak dela? Ma vie elle était dans tous les tableaux de mon amour, et quand il est parti avec ses tableaux il a aussi emporté ma vie. Mais avant qu'il s'en aille emportant tout, même si j'ai eu d'autres amours après, la maison était comme un soleil qui éclairait tout et réchauffait tout, comme l'immense lampe boule à côté de l'ours et de la bibliothèque avec ses étagères posées sur des bouteilles de Coca-Cola laquées de toutes les couleurs, la maison était comme un arc-en-ciel. C'est beau de vivre dans un arc-en-ciel. Nous avions beaucoup d'amis, leurs photos tapissaient nos murs -nous n'avions pas besoin de papier-peint! Et, ce qui faisait très joli aussi c'était ma collection de chapeaux, c'est bête de dire qu'on a ou pas une tête à chapeaux, ya ne ponimayou, alors qu'il y a des chapeaux pour toutes les têtes. On s'amusait, il nous est même arrivé d'aller à la Foire du trône en bande, et ce que j'aimais le plus c'était les montagnes russes, c'est peut-être parce que je suis un peu russe... Vous saviez que j'étais un peu russe? Da, da. Les montagnes russes, c'est comme la vie, ça monte et ça descend, il y en a qui ne supportent pas, ils ne peuvent pas s'empêcher de vomir même en route, moi pas. C'est pas comme ici, ici c'est tak sebe, très comme-ci comme ça, et même plutôt comme ça, c'est le goulag, vous connaissez le goulag? L'autre jour alors que j'ai voulu me maquiller dans les toilettes car il n'y a pas d'âge pour se maquiller et vouloir plaire, l'on m'a volé ma trousse de maquillage, ils ont prétendu que j'allais faire des bêtises avec le taille-crayon. Quelle bêtise pourrait donc faire une petite fille avec son taille-crayon. Du coup, oui, ils m'ont volé ma trousse à crayons de couleurs, c'est idiot, ils n'ont pas de tête ici, noi, noi, noi. Izvinite, je ne parlais pas de vous. Vous êtes nouveau, ici ? Darling, mon mari il connaissait Jimmy Hendrix, il lui avait fait une couverture de *record*. J'avais une lampe rojo mucho chère, you know Jimmy, elle est avec mon ours, celui qui est verte et noire dans le suitcase azul du cellar. Veramente. Julie Driscoll aussi elle sleeps dans le cellar, she sings Sunset Blow avec Bob. Tu les entends ? Peccato.... Ascolta... Ici c'est le goulag... You know le goulash ? Les femmes, les femmes, ils les fuckaient toutes, Jimmy et Bob, et Julie also et moi anche. Dans ce cube de béton, j'aimerais bien que mon mari vienne y peindre quelques créatures psychédéliques, oh! my God, lascives et les cheveux en pleins et déliés, en arabesques folles, mille couleurs pour essayer de croire que la vie bat encore, encore un peu, ici dedans. Can't you tell him to come here, just once, just to paint estos chingados muros ? Ce serait presque un avant-goût du Paradis. Et se serait quelque chose au milieu de cette Sibérie de pacotille. Cariño sono contento, e si ? Spasibo, bolshoe spasibo, pazhaluista, pazhaluysta, izvinite, zdravstvuyte, do svidaniya, adios Jimmy[70]...

---

70 Merci, merci beaucoup, je vous en prie:, s'il vous plait, excusez moi, hello, au revoir, adieu Jimmy.

Les mystère de la démence

La nuit est tombée. Le garçon est venu une fois renouveler leurs consommations après avoir attendu que le magnétophone se soit tu et avant qu'il ne reprenne. Il est visiblement intrigué par ce duo désassorti qui parle beaucoup, écoute des enregistrements abscons, consomme peu et semble très à l'aise dans ce bar feutré. Des espions en mission ? Le club s'est rempli, les autres clients, des messieurs rangés, des couples informels leur lancent des regard interrogateurs. Que peut bien faire ce vieux avec cette poupée ? Dans leur intellect étroit, il s'agit probablement de la négociation serrée d'une relation tarifée entre une call-girl et un pervers. Kate et Nathan s'amusent à rester dans la note.

— On s'arrache ?

— *Sure, Baby...*[71]

Heureusement, le centre ville est vraiment exigu et le restaurant n'est qu'à quelques pas. Ils ont faim. Ils dévorent un repas sans histoire, fleurant bon le terroir, servi par une patronne affable.

— Et, qu'est ce que vous boirez, jeunes gens ?

---

[71] Bien sûr, ma chérie.

Un Bourgogne rouge s'impose, qui sera suivi de plusieurs cafés[72] et d'un Armagnac millésimé.

La conversation s'est poursuivie pendant le repas. Kate aimerait en savoir beaucoup plus. Coriace comme un enquêteur obstiné, elle joue aujourd'hui le gentil détective. Elle est assise en face de Nathan, elle le regarde dans les yeux, elle le questionne, elle veut comprendre. Nathan préférerait la cajoler, la charmer pour vaincre ses défenses. Il aurait aimé discourir tout en marchant sans but dans la campagne et s'amuser de son coté péripapéticien[73]. Il en fait part à Kate, qui, blasée devant ses pantalonnades, ne sourit même pas en entendant ce mot.

Ce n'est pas d'actualité, il considérera donc ce qu'il lui expliquera comme une sorte de parade nuptiale où le mâle fait le beau pour conquérir la femelle.

Nathan ne dit jamais rien de ses années de Faculté, de l'époque lointaine où il menait son troupeau de

---

72 La mode des "cafés gourmands" les insupporte.

73 Péripatéticien, mot grec qui signifie se promener en rond. Aristote et ses disciples dans leur école du Lycée parlaient et écoutaient en marchant d'où promeneurs ou péripatéticiens. En français, une péripatéticienne est une prostituée qui arpente la rue et qui a opté pour une toute autre philosophie.

stagiaires ébahis dans son service hospitalier, du temps où, didactique, disert et distant, il enseignait la clinique médicale devant un amphithéatre qui lui était tout acquis. Il a essayé d'esquiver, de se taire, de se terrer, de se cabrer, de refuser. Il accepte, vide son sac. Soudainement, il en prend son parti, il décide une fois de plus de faire confiance à Kate ou mieux, de tester les formes de sa réactivité. Il ne cherche ni à la troubler ni à la choquer mais l'occasion est tentante de se plier une dernière fois à un exercice de futilité professorale, de brandir l'étendard terni de l'art médical, de ramener sa science, d'étaler son savoir, d'expérimenter les effets ambigus de son discours désabusé, qu'il va se plaire à élaborer au seul profit de cette femme dont il sait qu'elle est une rusée chercheuse de vérité.

Pour cette unique auditrice, il parle d'une voix claire au dessus des assiettes, pour le moment délaissées.

— Vous êtes malheureusement bien placée pour savoir que la maladie d'Alzheimer est une maladie incurable qui entraîne une déchéance mentale progressive et irréversible. Les médecins qui ont examiné votre mère vous ont sans doute expliqué que ses causes exactes sont inconnues. Vous avez probablement épluché les sites internet pour tenter de trouver les facteurs génétiques, environnementaux, psychologiques, voire infectieux qui auraient pu contribuer à son apparition. Peut-être même aviez-vous remarqué chez votre mère des facteurs de risques comme une maladie cardio-vasculaire, un terrain familial, une dépression nerveuse ou des troubles de la personnalité.

— Je présume que vous ne vous intéressez pas vraiment aux drames humains qui se cachent derrière ce diagnostic.

— Je dois vous dire que des situations pathologiques bien différentes peuvent se révéler à l'occasion d'un symptôme aussi banal que de simples « trous de mémoire ». Ce que nous savons de notre mémoire, de sa nature, de son fonctionnement et des affections qui peuvent la perturber légitime l'intérêt pour la maladie d'Alzheimer - quelle que soit l'entité clinique que l'on nomme ainsi - qui s'est considérablement développé au cours de ces trente dernières années. Un faisceau de raisons concourt à l'actualité toujours renouvelée du sujet.

— Il est vrai que c'est un sujet à la mode, un marronnier[74] surtout si des célébritées sont concernées... On ne peut ouvrir un magazine sans y lire des reportages terrorisants. Même la littérature[75] et le cinéma s'y sont mis[76].

---

[74] Un marronnier en journalisme est un article d'information de faible importance meublant une période creuse, consacré à un événement récurrent et prévisible.

— En effet, le vieillissement des populations est devenu un problème majeur de santé publique. Grâce aux progrès de la médecine, à la relative réduction de l'incidence des maladies infectieuses, cardio-vasculaires et tumorales, aux mesures hygiéno-diététiques, à l'amélioration globale des conditions matérielles, l'espérance de vie a considérablement progressé. Ne serait-ce que sur le simple plan arithmétique, les problèmes de mémoire et d'autonomie concernent, directement ou indirectement, à plus ou moins long terme, une population de plus en plus importante.

J'ajoute que le droit à la santé, le droit à la forme, le droit à une vieillesse heureuse et épanouie, ainsi que l'exercice de ces droits — sans tenir compte du caractère fondamentalement «injuste» de toute maladie — sont maintenant des revendications largement prises en compte qui motivent les chercheurs soucieux de répondre à une demande qui n'est plus strictement médicale mais aussi socioculturelle et économique.

— Peut-on se soigner ?

---

[75] "Devant ma mère", de Pierre Pachet, Gallimard 2007

[76] "Se souvenir des belles choses" comédie dramatique de Zabou Breitman (2001) ; "Le Monde de Barney" film de Richard J. Lewis (2010)

— La découverte et l'émergence des démences "curables", c'est à dire toxiques, carentielles, métaboliques, mécaniques ou infectieuses et des "pseudo-démences" comme les états dépressifs de toute nature a montré qu'il existe des maladies responsables de symptômes "de type Alzheimer" que l'on traite le plus souvent avec succès. Certes, le noyau dur de l'Alzheimer résiste encore mais l'habitude désormais prise de concrètement réussir à soigner certaines déséquilibres mentaux constitue un stimulant précieux.

— Cela reste plutôt désespérant....

— C'est faux - sans que vous ayez tort pour autant -, l'exemple encourageant d'une autre maladie neurologique dégénérative, la maladie de Parkinson, a démontré aux neurologues qu'il est possible de la traiter efficacement par l'emploi de médicaments qui compensent le déficit en neurotransmetteurs[77] - ici la dopamine -, responsable des symptômes de la maladie. En appliquant ce même modèle biochimique à la maladie d'Alzheimer, où le neurotransmetteur déficitaire est connu - l'acétylcholine -, bien des espoirs thérapeutiques semblent permis. Il ne s'agit là que d'une des voies de la recherche mais c'est peut-être une des plus prometteuses, du moins dans l'opinion des pharmacologues.

[77] Substance chimique qui permet à l'information de passer d'un neurone à l'autre.

Mais les mystères de la maladie d'Alzheimer ne se limitent pas, loin de là, à la définition, par le monde médico-scientifique, d'un consensus établissant ce qu'il convient de ranger dans ce tiroir. La compréhension de la maladie elle-même reste bien fragmentaire et il est utile — et parfois déroutant — d'examiner les questions et les problèmes soulevés par la physiopathologie[78] et l'étiologie de la maladie d'Alzheimer. Accrochez-vous, je vais être un peu technique !

— Je vous écoute.

— Certaines lésions histologiques cérébrales sont considérées comme fréquentes dans la maladie d'Alzheimer, ce sont les plaques séniles[79] et les

---

[78] Etude du fonctionnement des structures vivantes pendant la maladie

[79] Les plaques séniles, faites d'un dépôt amyloïde, une substance protidique, situé à l'extérieur des neurones, sont entourées ou non de prolongements neuronaux anormaux, dendrites et axones, siège d'une dégénérescence fibrillaire. Ces plaques sont nombreuses au niveau des hippocampes[79] et en nombre variable et plus diffuses dans le cortex[79] cérébral. Le centre des plaques séniles est constitué de la protéine A4, dont la formation résulterait d'une anomalie du métabolisme de la protéine précurseur, la préA4 ou, en anglais, AAAP[79]. L'intérêt de ce détail est que cette protéine préA4 est présente dans tout l'organisme et que sa production est anormalement élevée dans la trisomie 21[79]. Mais ces plaques séniles sont également observées - parfois en proportions

dégénérescences neurofibrillaires[80]. D'autres signes sont également décrits, l'angiopathie amyloïde[81] et les pertes neuronales[82]. Si ces lésions existent bel et bien, elles ne constituent pas une signature absolue. Il vous faut bien comprendre que ces quatre types de lésions observés dans le cerveau de patients atteints de la maladie d'Alzheimer ne sont pas spécifiques et que l'on peut douter de leur responsabilité directe dans la genèse des symptômes. Même une corrélation stricte entre le nombre de plaques séniles et de dégénérescences neurofibrillaires, d'une part, et la sévérité des signes de démence, d'autre part, ne peut

---

différentes - chez les sujets âgés normaux, chez les trisomiques et dans de nombreuses autres affections !

[80] Les plaques neurofibrillaires sont constituées de deux filaments protéiques hélicoïdaux torsadés. Elles sont présentes dans les hippocampes, les noyaux sous-corticaux[80] et le cortex. Mais, là encore, elles ne sont pas spécifiques puisque présentes - en nombre plus restreint - chez les sujets âgés sains, chez les trisomiques et dans diverses maladies neurologiques.

[81] Le terme d'angiopathie amyloïde signifie que les artérioles de moyen calibre sont obstruées par des dépôts de substance amyloïde - ressemblant à celle située au centre des plaques séniles. Bien que ces lésions soient considérées comme une des «signatures» de la maladie, leur importance quantitative varie grandement d'un alzheimérien à l'autre et on en trouve également lors du vieillissement cérébral normal.

[82]Les pertes neuronales se caractérisent surtout par une raréfaction nette des neurones pyramidaux de taille moyenne au niveau des hippocampes et des noyaux sous-corticaux et une diminution plus discrète dans les régions associatives du cortex cérébral. Ces pertes neuronales sont l'aboutissement final du mauvais fonctionnement des cellules et seront responsables d'une atrophie cérébrale.

être établie. Tout au plus admet-on une responsabilité des dégénérescences neurofibrillaires à l'origine des troubles cognitifs[83], mais il existe d'authentiques maladies d'Alzheimer où l'on ne retrouve pas de telles dégénérescences à l'examen anatomo-pathologique[84] et je vous ai déjà dit qu'on en trouve, en revanche, chez des sujets sains. Ce serait plutôt la perte neuronale, précédée par la perte synaptique[85], qui expliquerait les signes cliniques mais les corrélations anatomo-cliniques, topographiques et métaboliques, étudiées grâce à la caméra à positrons, sont discordantes.

— Ça va, vous suivez ?

— Pas à pas.

— Je vais aller plus loin car si les lésions histologiques n'emportent pas la conviction, qu'en est-il des anomalies biochimiques ? Classiquement, ces dernières sont dominées par une baisse de l'activité cholinergique[86] et du taux de l'enzyme[87] qui permet la synthèse de l'acétylcholine[88] au niveau du cortex cérébral.

---

83 Troubles concernant l'intelligence (mémoire, jugement, abstraction).
84 À l'autopsie.
85 Mode d'articulation, par simple contiguïté, entre deux neurones où l'influx nerveux, qui est de nature électrique, se transmet par l'intermédiaire de la libération des neurotransmetteurs.

Les scientifiques décrivent d'autres perturbations biochimiques inconstantes touchant le système des neurotransmetteurs, comme une baisse tardive de la concentration en somatostatine[89] - en cas d'aphasie[90]-, un déficit en acide glutamique[91] ou encore en noradrénaline[92] - en cas de dépression associée -, qu'il faut également considérer avec prudence, tant sont flous leurs rapports réels avec l'expression de la maladie. On ne connaît pas non plus les liens exacts entre les stigmates histologiques et les particularités biochimiques de la maladie d'Alzheimer, ni même à coup sûr si les perturbations métaboliques identifiables précèdent ou non l'apparition

---

86 En rapport avec l'acétylcholine, neurotransmetteur impliqué dans les processus de mémorisation.

87 Substance qui provoque ou accélère une réaction organique. Ici, la *choline-acétyl-transférase* (CAT)

88 Si ce déficit apparaît précocement dans l'évolution de la maladie et s'il semble bien proportionnel à sa gravité, il n'en est qu'une conséquence et non une cause. l'acétylcholine provient de noyaux profonds - noyau de Meynert et noyaux septaux médians - qui envoient des fibres, dites "cholinergiques", à destination du cortex et des hippocampes; ces noyaux sont effectivement gravement atteints par la maladie et sont le siège d'une perte neuronale majeure mais l'on pense, le plus souvent, qu'ils ne sont touchés que secondairement - à cause de l'atteinte du cortex et des hippocampes - et non en premier lieu, bien que certains auteurs estiment qu'il y aurait une vulnérabilité particulière de ces noyaux au véritable agent — encore inconnu — de la maladie d'Alzheimer.

89 Neurotransmetteur.

90 Perte de la fonction du langage.

91 Autre neurotransmetteur impliqué dans la mémoire.

92 Autre neurotransmetteur.

des difficultés de mémorisation et des autres signes cliniques de la maladie.

— Ok, on souffle un peu, on regarde le ciel à travers la vitre et on écoute la pie qui chante[93]. Et puisqu'elle n'est pas là cette nuit, vous aurez droit à un bonbon au chocolat.

— J'aurais préféré un anis de Flavigny.

— Vous n'êtes jamais content. Patientez, nous en achèterons dans une station-service sur l'autoroute[94]. Reprenez, je vous prie, et essayez de m'expliquer ce qui se passe vraiment.

— La physiopathologie, je viens de vous l'exposer, n'apporte guère de réponse précise et vous allez constater que, à ce jour, l'étiologie de la maladie d'Alzheimer reste elle aussi bien mystérieuse. L'apparition de la maladie semble le résultat de l'accumulation de facteurs de risque de nature différente qui feraient basculer le sujet. Plusieurs pistes ont été explorées, parmi lesquelles des facteurs génétiques, des facteurs immunologiques, des

---

93 "La pie qui chante" est une marque de confiserie traditionnelle connue pour ses bombons en caramel mou enrobé de chocolat.

94 Curieusement, les bonbons de Flavigny à l'anis, pourtant si appréciés, sont difficiles à trouver ailleurs que dans les magasins d'autoroute

facteurs toxiques liés à l'environnement et, plus précisément, des facteurs en rapport avec le vieillissement cérébral lui-même.

— Ça se corse...

— Des facteurs génétiques seraient présents, selon les auteurs, dans 20 % à 50 % des cas, ce qui signifie qu'il existerait un risque élevé de développer la maladie d'Alzheimer chez les descendants directs des personnes atteintes. Ces estimations, fondées sur des études génétiques portant sur les anomalies du chromosome 21 - suggérées en raison de la parenté des lésions histologiques avec celles des trisomiques - mais aussi sur le chromosome 9 - qui serait relié au gène de la substance amyloïde -, doivent être tempérées. En réalité, les gènes responsables — si l'origine génétique existe vraiment — seraient nombreux car les lésions de la maladie sont très diverses et les spécialistes s'accordent à penser que l'on ne peut certainement pas parler de transmission génétique[95] au sens propre du terme, d'autant plus que les formes sporadiques[96] constituent la majorité des cas de maladie d'Alzheimer. Toutefois, une autre réserve s'impose car on

---

95 Ici, un gène autosomal dominant à pénétration réduite.

96 Formes où l'on ne trouve aucun facteur familial.

vient d'identifier, dans les «vraies» maladies d'Alzheimer[97], l'existence d'un nouveau gène héréditaire[98].

Des facteurs immunologiques peuvent être évoqués à l'origine de la maladie car on note, chez les patients, une diminution globale et une répartition anormale des lymphocytes[99] circulants ainsi qu'une production accrue d'auto-anticorps[100], en particulier ceux dirigés contre le système nerveux - anticorps anticellules hypophysaires. Cependant, des perturbations immunitaires sont fréquentes chez les personnes âgées en dehors de toute démence, et l'immunologie n'apporte pas, elle non plus, de réponse satisfaisante.

Les facteurs environnementaux interviennent sans doute largement. La recherche d'une origine virale reste à démontrer. Selon les conceptions dominantes, la maladie d'Alzheimer ne serait pas transmissible mais vous vous doutez bien que mes expériences vécues me font me poser

---

97 Les formes précoces dont les premiers symptômes surviennent aux alentours de la quarantaine.

98 Ce gène, nommé S182, qui se trouverait sur le bras court du chromosome 14[98]. Si cette découverte se confirme, elle conforterait la thèse d'une réelle spécificité de la maladie décrite par Alzheimer, qui serait bien telle qu'elle fut étudiée originalement, c'est-à-dire radicalement différente des autres formes de détérioration mentale et, a fortiori, du vieillissement normal.

99 Variété de globules blancs, support des défenses immunitaires.

100 Substance défensive, normalement produite par l'organisme, mais qui se retourne contre lui et le détruit.

bien des questions. J'ai peine à croire à une coïncidence ou à un hasard.

— Voulez-vous dire l'Alzheimer pourrait être une maladie contagieuse comme le Sida ou la syphilis ? Si oui, expliquez-moi comment s'en protéger, comment faire pour sortir couvert...

— C'est une bonne question. L'hypothèse virale avait été évoquée, mais jamais l'expérience ne l'avait confirmée. On peut penser que les protéines bêta-amyloïdes[101] caractéristiques de la maladie s'apparentent à des prions et coloniseraient progressivement le cerveau[102]. Cela bouleverserait notre vision de la maladie mais aussi la façon dont nous devrions la traiter[103].

---

101 La bêta-amyloïde est un peptide néfaste pour le système nerveux. La présence d'agrégats de bêta-amyloïde et de protéine *tau* sont retrouvés parmi les signes caractéristiques de la maladie d'Alzheimer.

102 Un prion est une protéine qui se comporte comme un agent infectieux. Elle adopte une structure tridimensionnelle incorrecte et induit la déformation chez toutes les nouvelles protéines identiques qui sont produites. Les cellules dans lesquelles les prions s'accumulent finissent par mourir.

103 Après tout, ce n'est que depuis peu que l'on soigne certains ulcères d'estomac avec des antibiotiques. Oublié, le stress que l'on rend si souvent responsable de tous nos maux !
J'ajoute que l'on vient de décrouvir des bactéries - celles de l'acné, *Propionibacterium acnes* - tapies dans les vertèbres et les disques des patients souffrant de lombalgies chroniques. Oubliez, les anti-

Une étude américaine montre comment la protéine bêta-amyloïde défaillante se propage dans tout le cerveau à la manière d'un prion, comme cela se produit dans la maladie de Creutzfeldt-Jakob, l'équivalent humain de la maladie de la vache folle. Les bêta-amyloïdes iraient donc contaminer tout le cerveau mais il reste à s'assurer que les bêta-amyloïdes agissent bel et bien comme des prions... On peut supposer que les bêta-amyloïdes mal conformées modifient la structure tridimensionnelle des bêta-amyloïdes nouvellement produites par la cellule et colonisent peu à peu les neurones alentour. Exactement comme le ferait un prion.

— Prion ou pas prion ? Telle est la question.

— Cette idée n'est pas nouvelle. Mais elle est restée à l'état d'hypothèse même si le travail dont je vous parle amène quelques premiers éléments concrets permettant de la justifier... mais pas encore de la valider, car il reste quelques points en suspens[104].

---

inflammatoires, les infiltrations de cortisone, la rééducation, les massages, les interventions chirurgicales éprouvantes pour hernie discale, un simple traitement antibiotique serait la solution !

[104] Malheureusement, les chercheurs ignorent encore la structure tridimensionnelle de la forme synthétique utilisée en expérimentation sur les souris et il est encore un peu tôt pour discuter de prion, car il existe au moins une autre explication plausible. Les protéines injectées peuvent moduler les taux de

Tout cela reste à approfondir et à vérifier. Si un prion était responsable de la maladie d'Alzheimer, il faudrait revoir notre façon d'aborder la pathologie, aussi bien d'un point de vue préventif que thérapeutique.

Pour l'heure, je peux essayer de vous sécuriser en vous disant qu'aucun signe de transmission d'un individu à l'autre n'a été constaté officiellement, ou non.

— Quand on a connu comme vous quatre femmes qui sont devenues des démentes de type Alzheimer, cela doit vous laisser rêveur.

— Voire culpabilisé...

— J'ai peine à vous croire quand vous me laissez entendre que vous développez des sentiments de culpabilité à l'égard de qui que ce soit. Qu'en est-il des autres théories ?

— Les hypothèses toxiques dont l'intoxication par l'aluminium ou le mercure semblent elles aussi bien fragiles[105].

---

production ou d'élimination des bêta-amyloïdes cellulaires, ce qui résulterait en une accumulation susceptible de devenir fatale aux neurones.

[105] En cas d'encéphalopathie chez les personnes en dialyse pour insuffisance rénale, il existe des concentrations d'aluminium cinq

— Est-ce la raison pour laquelle on ne trouve plus de casseroles en aluminium ni de thermomètre à mercure ?

— Oui, ils ont été supprimés de la vente pour respecter le sacro-saint principe de précaution.

En revanche, l'intervention des radicaux libres, responsables du vieillissement cellulaire, est, elle, mieux étayée. Ces radicaux libres — il s'agit d'atomes d'oxygène isolés et toxiques qui détruisent l'enveloppe des cellules — sont à la mode.

— C'est vrai on croule sous les produits garantis "anti-radicaux libres" et "anti-vieillissement" dans les rayons de produits de beauté. Je ne les utilise pas.

— Vous n'en avez pas besoin. Je vous préfère belle au naturel.

— Flatteur.

— Rien d'étonnant à ce qu'on fasse intervenir les radicaux libres dans les processus de mort neuronale[106]. La

---

fois supérieures, sans que ce produise une dégénérescence neurofibrillaire.

théorie radicalaire de la maladie d'Alzheimer ne serait ainsi qu'une forme — dévoyée — de la théorie radicalaire du vieillissement en général.

Après un trop long détour, j'en reviens à une question que vous vous posez peut-être. Quels sont les vrais rapports entre vieillissement cérébral et maladie d'Alzheimer ?

— Je ne vous le fais pas dire... Je viens justement de découvrir que je désire le savoir...

— Les arguments scientifiques décisifs en faveur d'un continuum entre le vieillissement physiologique et l'apparition inéluctable de la maladie d'Alzheimer font totalement défaut. On ignore dans quelles proportions la maladie d'Alzheimer est le résultat de facteurs génétiques et environnementaux. On ignore si les formes les plus

---

[106] Cette théorie est née de l'étude des trisomiques 21, puisqu'ils constituent un modèle de vieillissement accéléré ; les trisomiques vieillissants devenant alzheimériens. Un excès de radicaux libres, c'est-à-dire une oxydation incontrôlée des composants des neurones, est lié à un excès de superoxydismutase (SOD), enzyme dont le gène est porté par le chromosome 21. L'excès de cet enzyme est responsable de l'excès de peroxyde d'hydrogène (radical libre) qui sera insuffisamment dégradé et provoquera des lésions irréversibles des neurones. Ce processus pathologique, vérifié chez les trisomiques, est-il transposable tel quel chez les alzheimériens ? C'est à voir mais il y a sans doute une relation entre les phénomènes radiculaires et la formation de la substance amyloïde.

fréquentes sont en rapport avec l'exagération des phénomènes liés au vieillissement physiologique ou si les formes les plus rares sont des formes familiales; on ignore même s'il s'agit d'une affection génétique.

Devant tant d'ignorance, devant tant de mystères, la prudence et la modestie s'imposent.

— Je ne vous savais pas si modeste. Que pensez-vous en fin de compte ?

— Nous savons que la maladie d'Alzheimer existe ; nous n'en connaissons pas les causes mais nous savons que ce n'est pas une fatalité, et il faut certainement cesser de terroriser et de culpabiliser le public en lui promettant un avenir apocalyptique.

Interpellé par la relative banalité des lésions cérébrales et par la faillite persistante de la recherche d'altérations spécifiques, face aux tenants du tout organique, je tiens à vous entretenir de théories séduisantes mais non conformistes. La première fut élaborée par Groddeck[107] pour qui toute maladie organique était psychosomatique[108].

---

[107] Walter Georges Groddeck, médecin allemand (1866-1934).
[108] Manifestation d'un trouble psychique au niveau de la santé physique. "Nos maladies, ce sont nos peines."

Il est facile de saisir que quelqu'un pour qui le vécu est odieux devienne dément. On ne peut se souvenir qu'aussi longtemps que la vie est désirable. Si elle est devenue insupportable au *Ça*[109] , alors l'être humain devra développer une maladie d'Alzheimer. Une table ou un fourneau n'ont pas besoin de perdre la mémoire, car ils n'ont pas de mémoire. Quelqu'un qui, par sa mémoire, a une telle masse de troubles que d'autres parties en souffrent doit devenir dément. Quelqu'un qui perçoit avec les oreilles des impressions qui troublent son esprit doit devenir sourd. C'est une nécessité absolue et le moyen pour qu'il puisse même exister. Si quelqu'un meurt quasiment de faim et s'il passe devant une boulangerie, alors il prendra un morceau de pain dans la devanture, même s'il sait qu'il sera condamné. Si la faim est tellement grande qu'il n'y a plus que la faim, il doit alors, même si le monde entier s'y oppose, tenter de pénétrer dans la boutique et emporter le morceau de pain. Il en va exactement de même pour la mémoire. Si elle flaire un danger qui est plus grave que n'importe quoi d'autre, alors elle a recours à des moyens de protection funestes

---

109 Le *Ça*, terme inventé par Groddeck en 1923, est le pôle pulsionnel de la personnalité, la partie la plus chaotique et la plus obscure. C'est entièrement le domaine de l'instinctif, du biologique qui ne connaît ni règle de temps ou d'espace, ni interdit. Totalement inconscient, il est régi et dirigé par le seul principe de plaisir. De ce fait, les choses les plus contradictoires peuvent y exister.

pour éliminer le danger. Plus le danger, ici la crainte panique de la mort, est ressenti comme grand, plus les moyens de protection et les troubles sont graves. Quand *Ça* veut oublier, on perd la mémoire, quand *Ça* refuse de se voir mourir, on devient dément, quand *Ça* ne supporte plus la solitude, on s'enfonce dans le délire, quand *Ça* a perdu son amour, on se détériore dans un oubli sans retour.

Un psychiatre français trop souvent méconnu, le Docteur Jean Maisondieu, a superbement développé les intuitions de Groddeck.

Pour cet auteur, qui se fonde sur son expérience de médecin confronté au drame des malades placés en institution, le cerveau des alzheimériens est peut-être altéré mais la mort progressive de la mémoire, du jugement et de la raison est surtout causée par la peur, la peur de se voir vieillir, la peur de mourir. Ils sont certes malades, mais malades de peur. A partir du moment où l'on découvre son visage vieillissant dans le miroir, on découvre l'angoisse de vieillir et l'inquiétude innommable suscitée par la mort. On accepte, on supporte, ou non. Certains individus, quand ils ne le supportent pas, ne vont pas choisir de mourir, car ils ont peur de la mort, mais ils vont adopter — inconsciemment — une stratégie qui leur permet de perdre la conscience de la terreur; ils vont «choisir» de sombrer dans la démence, ils vont "préférer" l'oubli. Ils «seront», car ils resteront vivants, mais ils "ne seront pas", car ils n'en auront pas conscience. "Être et ne pas être, tel est le choix du dément", résume le docteur Maisondieu[110].

— Vous vous répétez...

— J'adore le comique de répétition.

Ainsi, mes quatre démentes ne seraient plus des étrangères, des autres, des malades au-delà de toute ressource médicale, mais des semblables dont il me faudrait comprendre les motivations secrètes et avec qui il me serait possible de réapprendre à communiquer. Je considère que ce raisonnement est fécond car il ouvre les voies d'une approche thérapeutique nouvelle et pleine d'espoir, à la fois pour les malades avérés et pour nous tous, qui sommes, pour la plupart, des bien-portants inquiets.

— Facile, cela vous évite de vous sentir responsable. Vous oubliez vos prions baladeurs, avouez qu'ils ne sont pas très engageants.

— J'aimerais y croire dur comme fer. Je pourrais alors écrire un polar haletant dans lequel un psychiatre

---

[110] Jean Maisondieu : *Le Crépuscule de la raison*, éditions Centurion, Paris, 1989.

dévoyé userait de ses pouvoirs de séduction pour contaminer des femmes riches - et pourquoi pas des hommes - afin de mieux remplir un hospice privé menacé de faillite, tout cela dans une atmosphère de suspense glauque et étouffant. Il imaginerait aussi d'infecter les malades sous hypnose pour qu'ils n'en sachent rien. Ou alors des agents d'une puissance ennemie introduiraient des prions dans des viandes d'importation pour neutraliser un pays hostile qui en oublirait les motifs de son agressivité... La CIA, le FSB, le SVR, le Mossad, la DGSE ou la Vevak seraient dans le coup. Au dernier moment, un séduisant médecin épidémiologiste et sa belle assistante résoudraient l'affaire au péril de leur vie ! Ça produirait un thriller postmoderne plein d'action échevelée, comportant tous les ingrédients destinés à terroriser les foules.

— Soyez sérieux, votre passion du cinéma vous damnera, comme vous ont déjà égaré vos quatre cavalières. D'ailleurs, pourquoi les avez-vous dénommées ainsi ?

— Dans le Nouveau Testament, les quatre cavaliers de l'Apocalypse sont la peste, la guerre, la famine et la mort. Leur chevauchée inaugure le commencement de la fin du monde. Approprié, non ?

— On peut le dire. Revenons à ma préoccupation immédiate, est-ce que je risque quelque chose si je fais l'amour avec vous ?

— Enfin... Je craignais que vous ne l'envisageriez jamais.

Il n'y a aucune preuve de transmission interhumaine de ces prions - si tant est qu'ils existent. Ce n'est qu'une possibilité parmi d'autres puisque nous n'en savons rien. Hypothèse pour hypothèse, je préfère ma théorie favorite - on devient dément par terreur de se voir mourir - que je trouve plus raffinée. Je dois aussi vous dire que l'exposition au soleil - qui favorise certains types de cancers de la peau - protégerait de la maladie d'Azheimer[111]! Partons ensemble vivre en Floride... C'est à vous de voir...

---

[111] Les résultats d'une nouvelle étude (Richard B. Lipton, Neurology, 15 mai 2013) montrent qu'avoir des antécédents de cancer de la peau - presque toujours curables - est associé avec un risque de maladie d'Alzheimer réduit de 80% chez les adultes âgés ! Les mélanomes sont exclus de cette statistique. L'explication - plausible - serait que le cerveau et les cellules de la peau dérivant du même ectoderme embryonnaire, le cancer de la peau et l'Alzheimer ont de ce fait des mécanismes opposés. Dans un cancer de la peau certaines cellules se divisent hors de tout contrôle alors que dans l'Alzheimer, des cellules particulières meurent. Si des cellules ont la propriété de se diviser et de survivre, cela pourrait protéger de la maladie d'Alzheimer mais si elles ont tendance à mourir, cela pourrait protéger du cancer. Un choix cornélien.

— Je verrai.

— J'avais déjà rencontré et soigné des égarés jusqu'à ce que je retrouve ces quatre femmes aimées, ces quatre souvenirs de jours heureux, ces quatre femmes livrées à elles-même, privées de leur autonomie par une maladie mystérieuse, dépendantes d'une instituion correcte mais indifférente, ces quatre femmes devenues objet de statistiques, éléments d'une gestion, hôtes payantes dont l'hébergement constitue une partie des recettes d'une maison de retraite et comme telles s'inscrivant dans un bilan comptable.

J'ai voulu les observer et tenter de communiquer avec elles. J'ai compris qu'elles n'ont plus d'illusions, qu'elles savent que leurs jours sont comptés, que la vie n'a qu'un temps et qu'elles veulent l'oublier. Leur cerveau est peut être altéré mais elles sont surtout malades de peur. À moi, ces mortes-vivantes ne font pas peur car à les voir et à les entendre, j'accepte enfin de tout faire pour ne pas leur ressembler. J'ai compris que se laisser aller à l'angoisse de la mort est le plus sûr moyen de leur ressembler un jour. C'est en acceptant ma condition d'être mortel que je ne perdrai pas la raison. Je garde ma mort présente à l'esprit pour éviter la mort de mon esprit. On est bien loin des supposés prions.

— Si je comprends bien, vous doutez de tout, des acquis de la recherche comme du travail de vos confrères. Vous n'avez aucune certitude et vous cherchez à me brouiller les idées en ouvrant des chemins de traverse pour mieux les abandonner. Par esthétisme ou par ignorance, vous privilégiez une piste émotionnelle parce qu'aujourd'hui elle vous arrange.

— Si vous n'êtes pas convaincue, jugez-en par vous-même. Peut-être voudriez-vous m'accompagner à Sainte-Marguerite pendant ma visite pour les observer ? Cela vous changerait de votre mère et cela pourrait même vous amuser, vous tranquilliser ou vous persuader. Je vous prêterais une blouse, je dirais que vous êtes une nouvelle stagiaire, personne ne se doutera de rien, vous vous feriez votre opinion. J'en ai déjà fait l'expérience, il y a bien longtemps, un jour où je faisais passer leurs examens à des kinésithérapeutes aveugles. Une amie tenait à se joindre à moi. Les étudiants n'ont rien vu, évidemment !

— Même si vous êtes un brin solennel, je vous préfère raisonnable plutôt que désinvolte. Il est hors de question que je sois votre groupie.

— C'est noté.

— Acceptez-vous maintenant que je vous dise un mot à propos de ma mère ?

— Un seul, si vous y tenez.

— Narcissisme !

— Entendez-vous par là que votre mère est - ou était - une personnalité narcissique ? Si oui, voulez-vous savoir si cela a un rapport avec sa démence ? Il est vrai que je n'ai pas encore abordé ce point, même si on peut en détecter les prémices dans ce que je vous ai déjà dit.

— Je vous prie d'être plus précis.

— Volontiers. Votre mère était-elle difficile à vivre, ne s'intéressant jamais aux autres, ramenant tout à elle ? Fallait-il que la conversation porte exclusivement sur elle ? Pensait-elle que tout ce qu'elle faisait était génial, exceptionnel et admirable, que le monde tournait autour d'elle ? N'était-elle gentille et bienveillante que si cela pouvait lui être utile ? Était-elle intéressée et capable de vous manipuler pour arriver à ses fins, tout en trouvant cela normal ? Avait-elle de véritables amis ou seulement des connaissances ? Était-elle une artiste, égoïste, belle et intelligente ? Si vous répondez positivement, je dirai : oui, votre mère a bien été une femme profondément narcissique[112]....

— Hélas, cette description s'applique assez bien à ma mère.

— Ça n'a pas dû être facile pour vous... Les troubles de la mémoire débutants apparaîssent bien comme un facteur prépondérant dans l'apparition des idées de préjudice. De ce fait, l'amnésie représente une profonde blessure narcissique[113] très importante pour votre mère car l'altération de l'image de soi est constante dans la maladie d'Alzheimer. Il me semble distrayant de vous raconter la légende de Tithon et Éos. Tithon est un magnifique guerrier grec, Éos c'est une déesse sublime qui est douée à la fois de l'éternelle jeunesse et d'une beauté telle qu'Aphrodite, déesse de l'amour, jalouse d'elle lui jette un sort et lui dit : "dorénavant, dès que tu verras un être du sexe masculin tu tomberas amoureuse". Un jour, Eos quitte l'Olympe pour faire un tour sur la Terre. Là, elle rencontre Tithon et ils tombent évidemment amoureux l'un de l'autre. Mais Tithon est un mortel. Ne voulant pas perdre ce bel amant, Eos va trouver Zeus, le dieu des dieux, qui accepte de rendre Tithon immortel. Mais hélas,

---

[112] Narcissisme : amour excessif porté à l'image de soi.
[113] Le terme de blessure narcissique désigne les atteintes du narcissisme, c'est-à-dire, pour un individu, les altérations du sentiment d'amour et d'estime pour soi-même.

l'immortalité ne va pas de pair avec la jeunesse éternelle ; Éos l'avait oublié. Elle se retrouve avec un homme décati pour lequel elle n'éprouve plus aucun désir et qui, en plus, ne mourra pas. Écœurée, elle le métamorphose en cigale et l'enferme dans un cachot pour ne plus le voir. C'est ainsi que nous vivons actuellement dans notre culture éprise de jeunisme. Nous pensons qu'il suffit de rester jeune pour être éternel. Nous avons l'impression que les jeunes ont la vie devant eux alors que les vieux ont la vie derrière eux. Tout au long de notre vie nous tentons d'échapper à cette maladie nommée vieillesse qui nous attend. Nous avons oublié que la vie est une aventure qui a un début, la naissance, et une fin, la mort. Le narcissique cultive la chimère que ce n'est qu'en devenant vieux qu'on devient mortel, il essaye donc de ne pas vieillir. La vieillesse a rattrapé votre mère au moment où elle ne peut plus cacher qu'elle n'est plus jeune. Elle a vu dans son miroir que son visage a changé, qu'il est fripé, ridé, qu'elle n'a plus la vie devant elle, que la mort approche. Elle préfère ne rien voir et se réfugier dans la démence. C'est aussi cela la maladie d'Alzheimer, survivre en décalage, désespérément coincé entre l'Etre et le Paraître.

— Vous êtes bien pessimiste.

— Encore plus que vous ne le pensez. Je souhaite même élargir ma description des ravages du narcissisme à notre société post-moderne toute entière, qui est en train de franchir un cap alarmant. Plus les ordinateurs gagnent en mémoire, plus l'Homme perd la sienne à force d'être tous les jours abreuvé d'informations futiles qui ne lui servent à rien. Nous vivons tellement dans l'immédiateté, dans le culte de la nouveauté et dans un narcissisme effréné que nous ne nous donnons plus les moyens de nous souvenir de ce qui fonde nos valeurs. Nous oublions que la manière dont nous vivons, les choses que nous pensons sont le fruit de toute une Histoire. C'est un Alzheimer culturel. Et c'est un véritable problème car si "La culture, c'est ce qui reste quand on a tout oublié", cela revient à oublier le peu qui reste quand on a déjà tout oublié. C'est le bien le comble de l'Alzheimer, c'est bien la perte totale de l'identité, c'est bien une désorientation totale de notre civilisation !

— J'ai une autre remarque à vous faire et c'est presque un reproche.

— S'il le faut...

— C'est sans doute votre position de médecin qui vous incite à jeter un regard froid sur vos patients et à disserter savamment, voire légèrement, sur les origines possibles d'un tel effondrement de la personnalité de ceux que nous aimons. Pour nous, les proches, il n'en est pas de même. Chaque jour, chaque instant, nous sommes confrontés à l'épouvante de la maladie et à l'horreur institutionnelle qui en résulte inévitablement.

— La meilleure façon de parler de ce que l'on redoute est d'en parler légèrement. C'est vrai, un médecin a le devoir de se cuirasser, de rester technique, de vivre au dessus de ses émotions. L'empathie[114], quand elle existe, ne peut être que sous-jacente, elle affleure rarement, elle se manifeste de façon décalée, parfois par des plaisanteries de salle de garde. C'est une hygiène nécessaire que nous cultivons dès nos premières dissections de cadavres, dès nos premiers contacts avec des mourants. N'allez pas croire qu'il s'agit d'une forme subtile de déni ou de fuite puisque nous connaissons trop bien la réalité, la répulsion et l'effroi qu'elle suscite en nous.

— J'admets vos explications même si elles sonnent comme des justifications. Ce sera donc à moi de mettre les points sur les "i", de vous décrire ce que vous semblez esquiver.

J'avais bien remarqué que ma mère, toujours si méticuleuse, oubliait son linge dans la machine à laver, ses lunettes dans un endroit secret, et confondait les prénoms de ses frères et sœurs avec ceux de mes enfants. " Je commence à devenir vieille ! " s'amusait-elle à dire. Ce

114 L'empathie est une notion désignant la compréhension des sentiments et des émotions d'un autre individu. En langage courant, ce phénomène est souvent rendu par l'expression « se mettre à la place de » l'autre.

n'était pas bien grave. Parfois, agacée, je la rabrouais, lui demandant d'être plus vigilante, plus attentive, plus égale à ce qu'elle avait toujours été. Difficile pour moi d'accepter les premiers écarts dus à l'âge, les premiers signes de la dépendance, les premiers symptômes du départ. Cette figure maternelle vacillante provoquait en moi des réactions de rejet. Et puis, elle a parlé de moins en moins, a oublié de plus en plus, J'étais catastrophée de la voir se dégrader. Me sentant impuissante face à l'inéluctable, je souffrais beaucoup. Elle s'en est rendu compte. Alors elle a cessé de rire d'elle-même. Et de rire tout court. L'avis du médecin de famille était flou. "Alzheimer, peut-être", avait-il dit avec une moue dubitative. Une série d'examens poussés et le diagnostic était devenu verdict : " C'est irrémédiable, avait déclaré le neurologue. Vous allez assister au lent naufrage de son cerveau. " Combien de temps ? Il n'avait pu me le dire. L'abîme de la conscience, c'est un trou noir qui s'enfonce dans l'éternité. Un jour, les fonctions physiologiques s'arrêtent, mais l'esprit est déjà loin, depuis longtemps.

Plus rien n'a été comme avant. Cela a été pire que si ma mère avait eu un cancer car là, au moins, elle serait restée lucide et m'aurait aimée jusqu'au bout. Peu à peu, le mal a gagné du terrain, l'emportant progressivement sur son corps qui se dégradait, sur son esprit qui se vidait. Ses yeux restaient hagards, elle demeurait parfois apathique, comme terrassée par une honte qu'elle ne savait ni exprimer ni cacher. Bientôt, il m'a fallu commencer à la laver et à l'habiller. Les petits gestes du quotidien ont alors pris une importance démesurée. Il fallait faire attention à tout. Etre au contact d'une vie qui s'en va, c'est être obligé de redonner un sens à sa propre vie. Je n'ai pas supporté de devenir parent de ma mère. Mes enfants ont aussi beaucoup souffert de voir l'image maternelle ainsi détruite.

Les repères de l'espace s'effacaient, les aiguilles du temps tournaient à l'envers, m'entraînant de l'autre côté du miroir, au pays de l'absurde. Dès le début, l'ombre de la démence planait, avec ces comportements, reflets d'une autre réalité, et ces mots déconnectés de leur sens qui brouillaient les images structurées et rassurantes du quotidien. Elle avait complètement oublié la signification du mot "monsieur" et appelle tout le monde "madame". Elle répètait toujours : "Il va arriver." Je n'ai jamais su qui. Elle disait "elle" pour parler d'elle-même. Petits tics de langage, Assise dans son fauteuil, les bras croisés comme une écolière, elle marmonnait et racontait toujours la même chose. Un temps, je me suis installée chez ma mère puis j'ai déclaré forfait, je ne pouvais plus supporter cette présence étrange et pesante qui déambulait dans l'appartement en demandant sans cesse : " C'est la cuisine ici ? " C'était pourtant une si belle femme, professeur aux Beaux-Arts, cultivée, avec qui j'aimais parler peinture, théâtre, littérature, politique. Je continuais de l'écouter, de lui parler, de lui expliquer tout ce que je faisais et pourquoi je le fait. Chaque jour qui passait me demandait de réapprendre la patience, de garder confiance en moi, de rester sereine. C'était le seul moyen d'éviter trop de souffrances. Et parfois elle délirait, me racontant l'histoire de son grand-père, attaqué par un ours polaire... dans le Berry ! J'ai craqué et hurlé : “Arrête de faire la folle !” J'ai même cru que j'allais la frapper. Physiquement et mentalement, c'etait épuisant.

Elle s'égarait dans sa maladie comme en pays inconnu dont nul ne sait déchiffrer la langue ou les coutumes. elle perdait tout contrôle et ne se sentait plus échapper à elle-même. C'était le début de la phase finale. Un enfer que j'ai dû traverser en affrontant les démons de mes propres peurs, de ma propre intolérance, et de ma souffrance. Un long chemin initiatique au cours duquel je devais faire l'effort de reconstituer en moi-même l'image émiettée de ma mère. Longtemps, j'avais décidé de la garder à la maison quoi qu'il arrive, parfois avec l'aide d'une infirmière. Cette dernière, Régine, m'avait prévenue: "Les Alzheimer meurent deux fois. La première c'est lorsque les proches ne sont plus identifiés. Des liens se brisent et le deuil commence."

C'est quand j'ai enfin commencé mon deuil que j'ai décidé de rechercher un établissement de soins - vous même m'avez dit que j'avais eu raison de le faire. J'ai refusé l'avis de la majorité des médecins qui invitent les familles à s'occuper de leur parent atteint d'Alzheimer plutôt que le placer en institution. Ils estiment - à tort, je le sais maintenant - qu'un soutien affectif aide à compenser les carences de la mémoire. Mais le quotidien était devenu insupportable pour moi. Je ne suis pas responsable de sa maladie et je n'ai pas à me détruire en en payant les conséquences. On ne peut pas résoudre les problèmes des familles à leur place ni donner des leçons de morale, de tolérance ou de gentillesse. Ma solution a été Sainte-Marguerite.

— Aujourd'hui, que pensez-vous de votre choix ?

— J'ai évoqué l'horreur institutionnelle et je confirme ce propos. Ma mère est à Sainte-Marguerite depuis moins de 2 mois. Déjà, elle est amaigrie, affaiblie. Elle était entrée fortement dépendante mais ses difficultés d'expression et de compréhension empirent. Depuis peu, elle est devenue incontinente[115]. Certes, je ne l'ai jamais retrouvée par terre baignant dans son urne et je n'accuse pas le personnel. J'ignore si l'on peut déjà parler de matraitance "passive" ou de maltraitance ordinaire.

---

115 On estime que toute institutionnalisation, quelle qu'en soit la qualité, fait immédiatement perdre au moins 30% des possibilités antérieures du patient.

— La maltraitance passive se décline de diverses manières : brutalité lors des toilettes, faute de temps, hygiène insuffisante, paroles humiliantes, dénutrition liée à l'absence d'aide lors de la prise des repas, infantilisation, ou encore soins forcés. Ainsi, au quotidien, les aides soignantes peuvent oublier de mettre un appareil dentaire. Quand un membre de la famille insiste pour que ce soit fait, elles consentent à le mettre mais ne l'enlèvent pas la nuit. Si l'appareil s'est cassé, aucun dentiste ne se déplace en maison de retraite... Quand, pour palier le manque de coordination entre les équipes soignantes, un proche affiche, dans la chambre du patient, les conseils et consignes le concernant, des choses simples, comme le fait qu'il a l'épaule fragile et qu'il faut donc faire attention lorsqu'on le déplace, c'est rarement utile. Malheureusement, pour gagner du temps, malgré les consignes de l'établissement, une seule aide soignante l'aide à se déplacer, au lieu de deux. Car l'origine du problème est clairement identifiée : le manque de personnel. Comment ne pas brusquer ces personnes âgées, et comment prendre en compte les besoins singuliers de chacun, lorsqu'il n'y a que deux aides soignantes pour coucher 80 personnes, sur deux étages ? Comment être disponible pour écouter lorsqu'on est épuisé, stressé ou sous pression ?

— On n'en est pas là et d'aileurs ma mère n'a ni dentier ni une épaule fragile. J'espère que les histoires épouvantables que l'on peut lire à propos des maisons de retraite ne la concerneront jamais.

— Je le souhaite mais nous vivons dans un monde impitoyable où toutes les aberrations sont possibles. Je n'insiste pas sur ce qui ressort du fait-divers à sensation pour me pencher sur les difficultés quotidiennes : erreurs de médicaments à cause de la fatigue, personnel de ménage réalisant des toilettes pour remplacer des aides soignantes... Comment ne pas passer, petit à petit, de soignant à gardien ?

— On en est là ? Comment expliquez-vous cet état de fait ?

— Evidemment, les causes et les solutions ne sont pas exactement les mêmes selon que l'on parle des EHPAD publics, associatifs ou privés. Mais, au regard des réformes de la santé et des retraites visant à ouvrir tous ces domaines au secteur privé, on peut s'attendre à ce que la réforme sur la dépendance, priorité du gouvernement, continue de détruire le service public en l'offrant aux grands groupes privés. Entre 1996 et 2003, le nombre de places dans les maisons de retraite du secteur privé a augmenté de 21 %, alors qu'il n'augmentait que de 4 % pour le secteur public. En 2003, 42 % des EHPAD relevaient du privé.

Les investisseurs ne s'y trompent pas. Oubliant bien vite que l'on parle d'êtres humains, de nos parents et grands-parents, ils se réjouissent que le nombre des plus de 85 ans va presque doubler d'ici 2020, dont 35 % de personnes lourdement dépendantes. Parlant d'un "marché" connaissant un développement très important, ils rappellent que "les EHPAD sont un des investissements les plus rentables dans l'immobilier" pour conclure que, "mieux qu'une défiscalisation, l'investissement dans un EHPAD est aujourd'hui le meilleur moyen pour se constituer une retraite complémentaire non fiscalisée », avec une rentabilité de 5 à 6 %."

Se rendant compte qu'une forte partie de la population n'a pas les moyens de bénéficier des prestations des établissements actuels, il est même question d'ouvrir des maisons de retrait*e "low-cost"* ! C'est en effet, un investissement très rentable. En plus des indemnités payées par les patients ou leur famille, qui peuvent dépasser 3.000 euros par mois, ces établissements reçoivent de fortes dotations du Conseil Régional et de la Sécurité Sociale, qui couvrent une grande partie de la masse salariale.

Mais, plutôt que d'embaucher davantage de personnes qualifiées, ce qui ferait baisser la rentabilité de l'établissement, les gestionnaires de ce secteur préfèrent mettre sous pression le personnel, ce qui amène inéluctablement au développement de la maltraitance passive : atteinte directe à l'intégrité physique et morale des personnes dépendantes et à leur dignité. L'érosion au fil des ans des moyens accordés mettent en danger la sécurité des résidents et démotivent le personnel. Ces établissements un fort absentéisme - notamment dans le public - ou un turn over important dans le secteur privé, qu'il soit ou non à but lucratif. Cet état de fait peut être abominable à vivre au quotidien pour la direction et le personnel parfois sommés de se taire. Malheureusement, ni les agences régionales de santé et encore moins les familles ne disposent de véritable levier pour enrayer la déconfiture du système.

— Mais vous ne me parlez pas des maltraitances financiéres.

— Avant 2009, les EHPAD public étaient les seuls établissements accessible aux plus grand nombres de par leur tarif raisonnable...Depuis les dérives tarifaires ne cessent de se multiplier. Les maisons de retraite peuvent coûter une fortune, c'est connu. Beaucoup de familles doivent s'en accommoder tant bien que mal, sans réellement avoir le choix, mais au moins, elles peuvent l'anticiper. Hélas, certaines n'ont pas cette chance...

— En somme, vous me décrivez une impasse. Garder le malade à son domicile est à la fois impraticable et délétère pour son entourage alors que l'institutionnaliser l'expose à la maltraitance et à la déchéance...

— Je parlerais plutôt de "*double bind*", de double contrainte, de deux contraintes qui s'opposent, l'obligation de chacune contenant une interdiction de l'autre, ce qui rend la situation a priori insoluble.

— On peut sortir d'une impasse en revenant sur ses pas. La démence est un voyage sans retour... Que faire ?

— Si l'on en croit Paul Watzlawick[116] et l'école de Palo Alto, on ne sort d'une double contrainte que par un recadrage, permettant une lecture de la situation à un niveau différent. La double contrainte étant une situation insoluble directement, sa résolution passe par un changement de niveau ou d'échelle. Par exemple communiquer l'absurde de la situation, s'en détacher par le rire, peut être une façon de dépasser mentalement cette situation.

Je peux aussi vous conseiller le fameux "lâcher prise". Bien que cette notion ait fait florès jusqu'à devenir un cliché du développement personnel, elle n'est pas à

[116] Paul Watzlawick, "Faites vous même votre malheur" Le Seuil 1984.

mépriser pour autant. Lâcher prise, c'est accepter ses limites, c'est cesser de vouloir contrôler tout ce qui nous entoure, de gaspiller son énergie et de perdre sa sérénité. Cessez de croire que tout dépend de vous tout le temps, rompez le cordon ombilical. Même Marilyn Monroe remarquait finement que tout arrive pour une raison et que les gens changent afin que vous puissiez apprendre à lâcher prise. Quant à moi, je vous dirais simplement que la mort est le seul instant où le lâcher-prise devient spontané. »

— *So what ?*[117]

— Et alors rien, vous connaissez les données incontournables du problème, vous ne vous culpabilisez pas, vous faîtes au mieux et vous vivez votre vie.

— Facile à dire...

— "Il faut faire ce qui est facile comme une chose difficile et ce qui est difficile comme une chose facile."[118]

---

117 Et alors ?
118 Baltasar Gracian (1601-1658), écrivain et essayiste jésuite du Siècle d'or espagnol.

*   *

*

Le dîner est terminé. Ils sont les derniers, le personnel attend qu'ils les libèrent. Nathan paie l'addition, Kate ne propose pas de partager la note, un *Dutch date*[119] ne lui ressemblerait pas. Ils ont un peu trop bu et il est hors de question de repartir en voiture dès maintenant, Kate prend le bras de Nathan. L'air frais de la nuit leur fait du bien. Arrivés à l'hôtel, le portier leur tend cérémonieusement leurs deux clefs. Nathan devine un clin d'œil complice dans son regard somnolent. Leurs chambres sont au même étage mais pas contigües. Nathan accompagne Kate devant sa porte. Kate le regarde, fait tourner la clef dans la serrure, ouvre sa porte, se retourne, embrasse tendrement Nathan sur une joue, disparait dans sa pièce et referme doucement le battant. Il n'entend pas de bruit de loquet.

Énervé et ne trouvant pas le sommeil, Nathan ne sait pas au juste ce qu'il attend. Jusqu'à ce que Kate

---

119 Sans doute en raison de la légendaire pingrerie des Hollandais, "*Dutch date*" indique un rendez-vous, le plus souvent galant, où chaque personne paye sa part, une pratique d'un goût déplorable.

frappe à sa porte, il comprend qu'il a toujours su qu'elle viendrait.

— Entrez, la porte n'est pas verrouillée.

Elle porte une veste longue de pyjama d'homme. Nathan est nu, s'il disposait du pantalon assorti, il aurait pu revivre à l'envers une scène échappée de la huitième femme de Barbe-Bleue[120]. Il le pense et a le bon sens de se taire. Nathan écarte les draps.

— Poussez-vous, dit-elle.

Elle s'allonge à son côté, se penche vers lui et brusquement colle sa bouche contre la sienne, elle l'embrasse, ils s'embrassent à nouveau, les bras de Nathan l'enveloppent. Il relève sa veste en popeline jusqu'au dessus de ses petits seins dressés. La surprise, c'est son long corps à la peau douce, une peau de blonde uniformément dorée, un sexe aux poils soyeux niché au bout de jambes interminables, des hanches étroites, une odeur nouvelle, fraîche et inattendue qu'il ne reconnait pas, ses cheveux balayent ses épaules quand elle tourne la tête. Elle sourit, elle s'étire, elle l'embrasse, elle s'offre

---

[120] Film d'Ernst Lubitsch (1938). Dans la scène d'ouverture Claudette Colbert et Gary Cooper se partagent l'achat d'un pyjama dans un grand magasin. Elle prend le pantalon parce qu'il n'a besoin que de la veste. C'est le début d'une idylle.

comme le plus précieux des cadeaux. Ils s'agrippent tels des lutteurs au corps à corps. Ils bougent avec lenteur d'un mouvement de friction ralenti qui fait monter leur plaisir, insupportable et exquis. Ils sont restés longtemps enchâssés sur un grand lit frais qu'ils avaient ouvert à la hâte, avant de finir par se lover l'un contre l'autre pour dormir sous les draps rabattus.

L'aube pointe, Kate se lève silencieusement avant de regagner sa chambre. Nathan l'a entendue.

— Pourquoi êtes-vous venue ?

— Parce que je vous aime bien.

Au matin, le petit déjeuner tardif ne pouvait être pris que dans la salle à manger désertée de l'hôtel où ils feuilletent distraitement la presse du jour qui leur apporte des nouvelles d'un monde extérieur barbare ou désuet qui, pour l'heure, ne les intéresse guère, trop occupés qu'ils sont à se regarder encore et encore.

— Et la nuit dernière ?

— Vous d'abord, dit-elle.

— Je trouve qu'elle a été merveilleuse.

— Le sexe ou la tendresse ?

— Les deux.

— Pour moi aussi.

La franchise de Kate trouble Nathan.

— J'étais inquiet, vous étiez si tranquille.

— J'étais occupée.

— Oui, vous l'étiez. Et maintenant ?

— Chacun rentre chez soi et nous faisons comme si rien n'était arrivé.

— Ok.

— ... jusqu'à la prochaine fois...

Kate prend le visage de Nathan entre ses mains et l'embrasse longuement. Il lui rend un baiser passionné. Ils se lèvent, quittent l'hôtel et partent sans se retourner.

Kate

Kate a un prochain livre à terminer, son éditeur la presse de livrer. Ce n'est pas maintenant qu'elle trouvera le temps d'écrire une nouvelle romantique - ou acerbe - racontant sa rencontre avec Nathan.

Comme bien des écrivains, elle a une prédilection pour les incipit[121]. Elle ouvre son petit Mac, crée un nouveau dossier et s'amuse à composer plusieurs débuts d'histoires. Pour de distraire, elle commence par démarquer Diderot.

"Comment s'étaient-ils rencontrés ? Par hasard, comme tout le monde. Comment s'appelaient-ils ? Que vous importe ? D'où venaient-ils ? Du lieu le plus prochain. Où allaient-ils ? Est-ce que l'on sait où l'on va? Que disaient-ils ? Elle ne disait rien ; et lui disait que son père disait que tout ce qui nous arrive de bien et de mal ici-bas était écrit là-haut."

---

121 Un incipit est le terme désignant les premiers mots (ou paragraphes) d'une œuvre littéraire. L'incipit programme la suite du texte : généralement, il sert à définir le genre du texte et annonce le point de vue adopté par le narrateur ainsi que les choix stylistiques de l'auteur. L'incipit a également pour fonction d'"accrocher" le lecteur.

Nathan n'est pas fataliste et Kate n'est pas sa maîtresse. Elle préfère le texte original. Elle élabore de nouvelles amorces.

"Hier soir, pour la première fois de ma vie, j'ai baisé avec un type qui aurait pu être mon père."

"Nous avions fait l'amour, très longuement, très prudemment, comme deux hérissons."

"Ce mec debout au bar m'agaçe et je vais pourtant accepter qu'il m'offre un verre ; je suis sûre que ça se terminera mal".

"Edgar croyait tout savoir et il ne savait rien."

"C'est la première fois que je vois Simon sans sa blouse, son torse est massif, je veux perdre mon visage dans ses boucles blondes, agripper ses couilles avec mes mains, connaître la saveur de sa queue dans ma bouche, me coller à lui, enfoncer mes doigts dans sa toison et sentir son érection écarter mes cuisses."

"Maureen est une jeune femme moderne pour qui les soupirants ont cessé d'exister, remplacés par de rares amants de passage."

"C'est bien la peine d'être une jolie fille marrante, émouvante, séduisante et dégourdie pour se faire lever comme une bonniche par un barbon grisonnant."

"Sophie a tout perdu, sa beauté, son mari, ses enfants, son travail et son logement ; elle ne s'en plaint pas car elle a aussi perdu la mémoire".

"Rodolphe portait beau pour un homme de son âge, Mélanie se laissa tenter."

"Non, ne désespérez pas, vous ne me séduirez jamais, mais vous le savez bien que je vous adore déjà."

"Pour mieux vous rendre votre baiser piquant, je ne me raserai pas pendant quelques jours."

"Longtemps, je me suis couché tard, je passais des nuits au poker, je n'y joue plus depuis belle lurette, j'ai abandonné mon penchant pour le bluff mais j'ai gardé un goût immodéré de la relance immédiate."

"En pleine crise de désespoir, Isabelle, une belle jeune femme de 40 ans aux grands yeux clairs, mince, grande, blonde, mère de deux enfants, très divorcée, émouvante et autonome, est venue consulter mon mari ; le salaud m'en a parlé sur un ton égrillard."

"*Too long to text. Please check your mail.*"[122]

"Tu sais ce que ce connard de neurologue a eu le culot de dire à mon mari qui m'accompagnait ? Oui, Monsieur, c'est vrai que votre épouse n'a que 52 ans, c'est bien jeune pour débuter une maladie d'Alzheimer, c'est rare mais ça arrive ; ce n'est pas d'un médecin dont elle a besoin, c'est d'un notaire".

"Dis, Margot, peut-être que tu devrais aller voir un psy, suggéra timidement Clotilde."

"Jenny pose sa tasse et ouvre les trois derniers boutons de ma chemise, elle glisse sa

[122] Ce que j'ai à vous dire est beaucoup trop long pour tenir dans un texto, je vous prie de consulter votre boîte mail.

main à l'intérieur, caresse ma peau et enfonce ses ongles longs laqués de rouge dans l'épaisse toison noire qui couvre ma poitrine."

"Pauline avait cru trouver en Grégoire l'homme de sa vie, beau, raffiné, intelligent, cultivé, riche, amusant, pas trop macho ; malheureusement il était gay."

"Notre histoire ? Quelle histoire ? Il n'y a pas d'histoire, murmure Joëlle en déchirant la dernière lettre de Grégoire."

"Énumérez sans commentaire ce qui vous plait chez Nathalie".[123]

"Mouais", peu convaincue par ses tentatives, Kate soupire. Elle enregistre les fichiers dans le dossier "Nathan", ferme son ordinateur et va se coucher. Avant de s'endormir, elle téléphone à Vincent, son gandin du moment.

— Je suis revenue.

— Il est tard.

---

[123] Énumérer sans commentaire est - ou était - une technique enseignée pour la préparation du concours de l'Internat des Hôpitaux.

— Tu n'as pas l'air enchanté de m'entendre, tu sembles grognon.

— Si, je suis très content mais tu m'as réveillé, demain je dois aller bosser tôt.

— On se voit demain soir ?

— Pourquoi pas, je passerai te prendre pour aller diner.

— Viens après que les enfants soient couchés.

Kate raccroche.

Le lendemain Kate, reposée, établi le programme de sa journée. Ses petits sont en classe. Elle a six heures devant elle pour travailler. Elle téléphone à son éditeur pour lui demander un délai supplémentaire qu'il lui accorde en rechignant. C'est encore Nathan qui occupe ses pensées. Il ne s'est pas manifesté. Elle se pose la question de savoir si elle en informera Vincent et y répond par la négative. Pas ce soir, pas pour le moment. Elle improvisera.

Kate ouvre son ordinateur et commence à taper une ébauche de scénario. L'histoire lui vient facilement.

"Nathan et moi sommes en fuite depuis seulement douze heures et leurs tueurs nous ont déjà ratrappés dans cet motel d'autoroute, moderne et anonyme, à cinquante kilomètres de la frontière suisse.

Pourtant entre nous, tout avait bien commencé.

Il y a trois ans, j'étais connue du grand public comme une journaliste qui écrit, un de ces grands reporters jouissant d'une belle notoriété et produisant des reportages ou des enquêtes de caractère personnel sur des sujets dépassant le cadre de l'actualité immédiate mais pouvant s'y rapporter. Pour mes commanditaires secrets, j'étais avant tout une espionne, une de ces nouvelles Mata-Hari qui opèrent dans le monde des médias et de l'industrie, recueillent des renseignements confidentiels et orientent la conclusion de contrats en utilisant les plus vieilles techniques du monde, la séduction, et le lit si nécessaire.

Nat, le Docteur Schwartz, n'avait pas encore publié son fameux ouvrage sur le traitement des troubles de la mémoire par la narco-analyse[124]. Sans doute connaisait-il depuis quelques temps déjà cette technique chimique qui lève rapidement les défenses conscientes du patient en le plongeant dans une sorte d'hypnose, ce qui permet au médecin d'accéder rapidement aux sources de ses blocages, d'en démonter les mécanismes puis de suggérer, voire d'imposer à son inconscient des conduites de guérison.

Nous nous étions connus par hasard à l'occasion d'un reportage que j'effectuais incognito sur les scandales des maisons de retraite médicalisées. Il n'était pas une cible potentielle, simple médecin-adjoint à Sainte-Marguerite, je ne lui avais rien dit de mon véritable but, l'interrogeant discrètement sur les éventuels problèmes qu'il aurait pu rencontrer. Tout semblait d'équerre et je n'avais pas insisté pour qu'il se mette à table. En revanche, nous nous étions bien plu

---

124 La narco-analyse consiste à injecter conjointement des barbituriques pour faire dormir et une amphétamine à titre de stimulant. Le sujet est inconscient mais éveillé, ce qui facilite le rappel de souvenirs réprimés et permet de l'influencer sans qu'il le sache. La narco-analyse avait connu une certaine popularité au milieu du siècle dernier.

et une idylle s'était développée entre nous. J'avais été séduite par sa force de petit taureau fonceur, sa tendresse jamais envahissante, son respect pour moi, son charme ambigu, son érudition, son sens de la dérision, son humour distant et peut-être aussi par ses cheveux blancs. Il était à la fois incroyablement autosatisfait, narcissique et touchant de naïveté comme un jeune garçon peu sûr de lui. Nat était alors entre deux vies, exerçant provisoirement son métier de médecin dans une sorte de mouroir pour personnes âgées. À l'époque, il ne m'avait nullement parlé d'hypnose mais je dois dire qu'il m'avait passionné par ses dons de conteur. Il m'avait raconté des histoires rocambolesques où se mêlaient des retrouvailles avec d'anciennes maîtresses devenues folles, des souvenirs d'une vie antérieure plutôt chahotique et dissolue, son omniprésente et envahissante peur de la mort, sa compétence en matière de maladies neurologiques, ses théories non-conformistes concernant les démences. Il prétendait même que la maladie d'Alzheimer, qu'il disait être peut-être causée par un virus - un prion - pouvait être contagieuse ! Il en voulait pour preuve que bien des années auparavant il avait eu des relations intimes et prolongées avec quatre femmes devenues ensuite démentes de type

Alzheimer. Il estimait être lui-même un porteur sain du virus[125], une sorte de dangereuse bombe à retardement responsable de leur contamination. Je ne savais pas s'il se moquait de moi, s'il élucubrait ou si je devais le prendre au sérieux. J'avais vraiment peur la première fois que j'ai couché avec lui.

Nous nous étions perdu de vue mais quand est paru son fameux livre "Vaincre la maladie d'Alzheimer ou comment retrouver la mémoire par l'hypnose", j'ai repris contact avec lui, me disant qu'il pourrait maintenant devenir un sujet de reportage utile, à qui je pourrais extorquer des confidences productives.

Il n'avait guère changé, son charme opérait toujours. Il avait regagné Paris, le succès lui avait apporté une clientèle importante, des cohortes de stressés de la jet-set, d'hommes d'affaire internationaux, de vedettes du show-biz et de personnalités publiques.

---

125 Un porteur sain est un individu infecté par un micro-organisme sans présenter de signes cliniques de cette infection, susceptible, dans l'ignorance de cet état, de contaminer ses proches et relations.

Je l'avais cuisiné comme je sais le faire quand je m'en donne la peine. Nous avons renoué. J'y trouvais mon compte, sous la couette ses performances étaient tout à fait honorables, sans que je sache s'il avait ou non besoin de l'aide des pilules bleues qui ont révolutionné la vie sexuelle de bien des hommes vieillissants. Cependant Nat, toujours très sûr de lui au lit, passait des heures entières à me faire part de ses doutes et de ses hésitations quant à son travail.

C'est avec stupéfaction que j'ai découvert que l'hypnose qu'il pratiquait, parfaitement efficace, puisque obtenue par narcose, n'était qu'un prétexte dans un vaste projet délirant. Comme un expérimentateur fou, son véritable but était d'injecter secrètement à ses patients le prion de la maladie d'Alzheimer, qu'il avait réussi à isoler sans le divulguer au reste du monde. Il lui restait ensuite à démontrer qu'il était capable de les guérir par sa méthode iconoclaste. Entreprise mégalomaniaque qu'il justifiait en me citant les nombreux bienfaits pour l'humanité nés de l'expérimentation humaine, surtout quand elle n'était pas encore légale[126]. L'exemple repoussant des médecins

---

[126] Ambroise Paré, Jenner, Carrion, Pasteur...

d'Auschwitz ne suffisait pas à entamer sa bonne conscience.

J'aurais pu - ou dû - m'indigner, hurler, l'accuser d'un crime innommable, le dénoncer aux autorités de santé. Je ne l'ai pas fait.

C'est alors que j'ai entrevu l'étendue du pouvoir de suggestion de cet homme. C'est alors que j'ai compris les formidables possibilités d'action qu'apporteraient à mes missions confidentielles un passage de mes proies sur le divan de Nat. C'est alors que j'ai commencé à rêver d'une association entre le Docteur Schwartz et moi.

En réalité, Nat n'était pas vraiment dupe. Il était trop honnête. Il était certes pleinement lucide quant aux possibilités de manipulation que lui apportaient ses plongées dans l'inconscient des gens, son action sur leurs motivations et la maîtrise de leurs comportements. Il était tout à fait capable de croire possible d'infléchir le cours des choses, de tirer les ficelles depuis le fond de son cabinet de consultation, de mettre sous influence les hommes de pouvoir, de leur faire oublier leurs décisions qu'il jugeaient néfastes ou intempestives. Ce n'était pas ce qui l'intéressait, seuls les progrès de la science, les découvertes fondamentales et le bien-être de l'humanité le motivaient.

Sans doute m'attendait-il, moi.

Je pouvais organiser son action, lui insuffler des objectifs bien plus profitables.

Depuis trois ans nous travaillons ensemble et gardons notre liaison secrète. Ce sont toujours mes bailleurs de fond qui m'indiquent les opérations à effectuer, qui me paient mes services. Je contacte les décideurs, je les rabats chez Nat sous un prétexte ou sous un autre et nous leur dictons leur conduite.

Parmi nos réussites, un métro en Amérique du Sud, des parfums aux Etats-Unis, une raffinerie au Pakistan.

Malheureusement, Nat s'est pris au jeu, il a voulu tenter le gros coup, celui qui nous aurait permis d'acheter notre ile. Deux cent cinquante millions de dollars versés sur notre compte au Liechtenstein si nous pouvions faire décider discrètement la création d'une centrale nucléaire par un pays du Proche-Orient.

Nat est entré dans l'affaire seul, sans assez de précautions, lors du traitement d'un homme d'affaire libanais.

Quand il me l'a appris, c'était déjà trop tard, une partie de l'argent avait été versée et je n'ai pas pu refuser de l'aider.

C'est une grosse affaire, une centrale nucléaire, il y a de nombreux intervenants à convaincre, il y a beaucoup de monde sur les rangs. Les intérêts en jeu sont énormes, militaires, stratégiques, financiers et politiques.

Il y a aussi beaucoup de monde qui surveille tout ce beau monde.

Il a fallu trois mois aux services secrets pour additionner un et un, pour nous identifier au centre de l'agitation de cette fourmillière, pour décider que le seul moyen de calmer cette ébullition était de neutraliser ceux qui l'avait déclenchée.

Il a fallu trois mois pour nous localiser, trois jours pour décider de nous supprimer, trois heures pour nous rattraper.

Nat est dans la salle de bains, j'entends l'eau couler. Je regarde le gris du paysage, le parking désert, les silhouettes furtives du commando qui nous a retrouvé. Je reconnais le long sifflement aigu d'une balle de gros calibre."

Je regarde l'eau teintée de sang qui déborde sous la porte."

Kate s'arrête d'écrire. Elle ne frappe pas le mot "fin". Qu'est ce qui a une fin ? Quand est-ce vraiment fini ? Doit-elle suivre Nathan dans son obsession de la mort, la seule fin véritable ?

Kate referme son ordinateur. Ce type risque-t-il de lui être néfaste ou représente-t-il un clin d'œil à une autre vie possible ? La mort, la mort, répétait-il volontiers mais il y a toute la vie avant, à ne pas laisser échapper.

Il sera bien temps de le lui dire demain.

— *After all, tomorrow is another day*[127].

---

127 "Après tout, demain est un autre jour", réplique célèbre et récurrente de Scarlett O'Hara dans "Autant en emporte le vent" (1939)

Le lendemain, Kate évite de décortiquer le semi-échec de sa soirée de la veille passée avec Vincent, trop routinière et où il ne s'était rien produit de remarquable. Auparavant, elle s'était bien amusée avec "*Prion*" mais ce matin, il lui semble avoir été injuste dans sa représentation de Nathan, invraisemblable, trop froide, trop factuelle, trop critique. Quant à son personnage de femme entichée et sans scrupule, il ne lui convenait plus.

Son petit Mac est prêt à recueillir ses remords.

Rendez vous à Samarcande[128]

"Un matin le khalife de Bagdad vit accourir Leila, sa fille, qui se jeta à ses genoux, pâle et tremblante.

– Je t'en supplie, Père, laisse-moi quitter la ville aujourd'hui même !

– Et pourquoi donc ?

---

128 Ce conte est la transposition de l'une des plus célèbres fables sur le thème du destin, une histoire persane attribuée à Fariduddin Attar. Dans "*La cible*", le premier film de Peter Bogdanovitch, où un jeune homme ordinaire se met à tuer des inconnus avec un fusil à lunette, Boris Karloff raconte cette légende dans sa version originale. Dite par le célèbre interprète de Frankenstein elle ne peut que se graver dans la mémoire.

— Ce matin, en traversant la place pour venir au palais, un homme m'a heurté dans la foule.

Je me suis retournée et j'ai reconnu la mort… Il me regardait fixement. Père, il me cherche...

— Es-tu sûre que c'était la mort ?

— Oui, Père, il était drapé de noir avec une écharpe rouge. Son regard était effrayant. Crois-moi Père, il me cherche, laisse-moi m'éloigner à l'instant même, je prendrai mon coursier le plus rapide, et si je ne m'arrête pas, je peux être ce soir en sécurité à Samarcande !

Le khalife, qui aimait sa fille, la laisse partir. Cette dernière disparait dans un nuage de poussière…

Songeur, le khalife sort du palais déguisé, comme il avait souvent l'habitude de le faire.

Sur la place du marché, il vit l'homme vêtu de noir avec son écharpe rouge. Il s'avança vers lui :

— J’ai une question à te poser : ma fille est une belle jeune femme. Pourquoi l’as-tu terrorisée ce matin en la fixant d’un regard menaçant ? Elle a pensé que tu es la mort et elle s'est enfuie à Samarcande.

— Je ne suis pas la mort, je suis le prince Ahmed, costumé comme la mort, je suis l'amour.

— Pourquoi ressembles-tu à la mort ?

— La mort est mon frère jumeau. La mort et l'amour sont les deux faces de Janus[129]. Ce n’était pas un regard menaçant que j'ai adressé à Leila, c’était un regard d'amour. Je ne m’attendais pas du tout à la voir ici, à Bagdad, alors que j’ai rendez-vous avec elle ce soir, à Samarcande."

Kate soupire. Kate sourit. Elle ne peut parvenir à s'extirper des leitmotive de l'amour, du destin et de la

---

129 L’image de Janus, ce dieu à double face, est perçue selon l’angle de vision sous lequel on l’observe. Janus se rapporte au temps, entre le passé qui n’est plus et l’avenir qui n’est pas encore. Le véritable visage de Janus, celui qui regarde le présent, n’est ni l’un ni l’autre de ceux que l’on peut voir. Ce troisième visage est invisible car le présent n’est qu’un instant insaisissable. C’est pour cette raison que certaines langues, comme l’hébreu et l’arabe, n’ont pas de forme verbale correspondant au présent.

mort. Nathan l'aurait-il à ce point influencée ? L'allégorie orientale lui semble tout à coup inadaptée. "Peut mieux faire", se dit-elle.

Il n'est plus temps de lézarder. Kate doit impérativement se remettre à son roman.

Deux jours plus tard, elle reçevra une lettre de Nathan.

Très chère Kate,

Nous avons aimé la nuit du Splendid. Nous en avons connu la jouissance dans nos corps et dans nos silences. Au matin, nous nous sommes dit au revoir. Vous êtes allée rejoindre votre vie parisienne, vos enfants, vos tapuscrits et votre coquin dont vous ne m'avez rien dit mais dont vous m'avez laissé entendre qu'il existe. J'ai regagné Sainte-Marguerite, mon studio de fonction, mes dossiers, mes tâches administratives, mes quatre cavalières, mes autres patients, mes quelques bouquins, mes infirmières, mon bistrot du village. Il me reste vos livres - je les ai tous commandés - votre odeur, l'espoir bien mince d'un futur possible ou l'énorme crainte d'un engagement contraignant. Je ne sais si vous avez trouvé avec moi ce que vous étiez venue chercher mais cette courte rencontre vous a plu, je l'ai lu dans votre sourire, ressenti dans la complicité de nos corps et entendu dans le timbre de votre voix.

Dans quelques jours, j'aurai sans doute envie de bouger. Comme souvent, je roulerai au hasard, laissant flotter mes pensées, peu sensible au paysage, pratiquant l'association libre. Si j'en ai le temps, je ferai un saut jusqu'en Andorre pour y acheter des Havanes à prix cassés. J'irai prendre ensuite un verre au bar du Park Hôtel, au pied des Pyrénées, où j'ai déjà passé des jours paresseux. Dans mes souvenirs, les lits y sont immenses, fermes mais doux, un peu plus hauts que d'habitude, ce qui permet de combiner quelques acrobaties dont je ne me suis pas encore lassé.

Ici, le ciel est bas et lourd, il pleuviote et il commence à faire froid.

Si je voulais tirer, pour votre usage exclusif, un petit bilan comportemental de l'homme que je suis, de l'homme qui vous écrit aujourd'hui, un homme sans particularités ayant vécu sa période de pleine maturité pendant la seconde moitié du siècle précédent, je noterais l'existence d'une espèce de ligne directrice, certes sinueuse, qui m'a mené vers des rencontres instructives, au sens fort du terme[130]. Ce que je sais aujourd'hui, ce sont les femmes qui me l'ont appris, ou du moins elles ont contribué à me faire comprendre, trier, décoder, affiner, raffiner, distiller, mettre en forme, rendre productif et cohérent un fatras brut d'informations disparates et non encore décryptées, ingurgitées au cours

130 Documentaire, édifiant, éducatif, enrichissant, formateur, pédagogique, profitable. Et aussi : "La curiosité des enfants est un penchant de la nature qui va comme au-devant de l'instruction ; ne manquez pas d'en profiter." Fénelon, extrait du Traité de l'Education des filles

de mon adolescence. La connaissance qui ne se frotte pas au réel reste lettre morte. La véritable connaissance passe par les émotions et les échanges avec le monde. Dans notre monde, le réel le plus plaisant, le plus séduisant, le plus émouvant, le plus attachant, le plus bouleversant, le plus beau, le mieux élaboré et éduqué mais aussi, parfois, le plus dangereux est en majorité, voire exclusivement, détenu par les femmes. L'acquisition des connaissance, positives ou négatives, passe par les femmes donc nécessairement par le sexe, quoi qu'en disent les professeurs, les censeurs et les pères la pudeur. Et comme le sexe constitue l'activité humaine la plus agréable et la plus productive, c'est là réellement s'instruire en s'amusant, c'est suivre le plus sûr chemin - et à mon avis le seul dont on ne se lasse jamais - pour qui veut se forger une personnalité autonome[131].

Toutes les femmes sont précieuses et mémorables. Je partage l'opinion de J.G. Ballard. Dans son récit semi-autobiographique au titre magnifique: "La bonté des femmes", il raconte sa vie d'adulte et ses expériences tragiques, de Shanghai aux États-Unis en passant par Cambridge, ses études de médecine, son enrôlement comme pilote dans la RAF, puis, au cours des années 1960, son effroi devant la terreur nucléaire, la guerre du Vietnam, l'assassinat de Kennedy. Il décrit la violence et la

---

131 Je souhaite, à ma modeste mesure, réaliser ainsi le souhait de Baudelaire : "*tranformer la volupté en connaissance*".

folie d'un monde qui, à chaque pas, menace de réveiller ses propres démons. Seules les femmes, qu'il s'agisse d'Olga, la nurse russe de son enfance, de Miriam, son épouse, de Cléo, sa dernière compagne, de ses maîtresses d'un jour ou de prostituées de rencontre, l'empêcheront de sombrer dans l'abîme. Je ne désire pas vous raconter ma vie davantage mais j'ai aussi eu mon lot de situations éprouvantes et d'aventures dramatiques. Si j'y ai survécu et si je poursuis ma route aujourd'hui, c'est que j'ai eu beaucoup de bonheur dans mes rencontres amoureuses. Je remercie toutes les femmes que j'ai connues, qui n'ont jamais été chiches de désir, de passion, de tendresse, de bonté, de gentillesse et de générosité. Je veux leur rendre, ainsi qu'à vous, une sorte d'hommage fantasque et langoureux.

Je n'ai rien à vous vendre, je n'ai pas de fantasmes inavoués ou inavouables. C'est mon amour des femmes qui continue de guider ma vie et m'a conduit vers vous. Toucher, goût et odorat constituent des composantes incontournables des relations amoureuses et sexuelles. Toucher un corps de femme, le caresser, ressentir le grain de sa peau, la courbe de ses seins et de ses fesses, suivre le déroulé de sa gorge ou la ligne de son dos, percevoir le durcissement de ses tétons et l'humidité de son sexe sont des sensations hautement désirables tissées dans la nature même de l'acte sexuel. Le toucher sensuel réciproque, le goût d'un baiser, d'une peau, d'un sexe, des sueurs et des foutres mêlés sont inoubliables. Notre odorat est le sens le plus primitif, séduction, naissance du désir sexuel et orgasmes passent par les perceptions olfactives dont les mécanismes neurologiques protecteurs sont déjà présents dans les espèces vivantes les plus rudimentaires. Toutes les occasions, toutes les rencontres amoureuses susceptibles de les faire ressurgir et mettre en action sont parmi les manifestations les plus bénéfiques et les plus salvatrices des principes du plaisir. Je sais à peu près ce qui a toute chance d'émouvoir mes yeux et mes oreilles, de me tenter, de me plaire et de faire naître mon désir, mon désir d'en savoir davantage, mon désir d'en faire profiter mon odorat, mon toucher, ma langue et mon sexe lors d'une rencontre. Grande, une silhouette presque androgyne, un mélange subtil de beauté bouleversante, de sourire remontant jusqu'aux coins des yeux, de rire affleurant sous la dignité, de lèvres pleines, de regard droit, de voix un peu grave, de maintien légèrement distant, d'indépendance sociale, de vivacité d'esprit, de vécu assumé, d'intelligence se mouvant hors des lieux communs et de disponibilité sexuelle suggérée. En somme, je viens à nouveau de décrire ce que vous êtes pour moi.

Comme vous le savez, je refuse une vision platement romantique de l'amour, qui méprise la réalité ou la pare de couleurs fictives. Je m'efforce d'être objectif, comportemental, ami de la vérité et des faits concrets. Je ne m'intéresse ni à l'idéologie ni à la psychologie des rapports humains, je me préoccupe de cette part primitive en nous qui sous-tend nos émotions et nos désirs, que l'on a nommée, faute de mieux, instinct de vie. Comment cela fonctionne-t-il dans notre cerveau, notre corps et notre sexe? Me faire plaisir fait-il souffrir l'autre ? Est-ce acceptable ? Dois-je passer outre et suivre aveuglément mon désir ? Je n'ai pas de réponse arbitraire, je n'ai pas de mode d'emploi gravé dans le marbre. Je connais trop les ravages mortels, nés du culte de la victimisation, de l'hypertrophie galopante de la culpabilité et de la répression insidieuse des émotions, pour contraindre qui que ce soit à y succomber.

Très chère Kate, je sais que vous me lirez sans rougir. En couchant avec moi, vous n'avez pas seulement fait plaisir à un inconnu que "vous aimez bien", vous avez testé un des mondes possibles qui s'ouvrent à toute jeune femme. Je ne vous en ai pas caché les dangers mais vous avez pris le risque, vous avez intrépidement bravé les périls, je vous en remercie du fond du cœur. En vous invitant dans mon lit, vous saviez déjà que je ne laisserai aucune trace[132], vous saviez que vous avez le temps pour vous et que je n'ai plus le temps, vous saviez que même

---

[132] Le Talmud évoque les trois seules actions importantes et bien réelles qui ne laissent aucune trace : le passage du serpent sur le rocher, le passage de l'oiseau dans le ciel et le passage de l'homme dans la femme.

en voulant bien faire je suis souvent égoïste et destructeur, vous saviez qu'après la parade nuptiale la femelle tue le mâle, vous aviez déjà compris qu'une femme comme vous n'est pas pour un homme comme moi. Vous aviez déjà compris que je vous aime trop pour tenter de vous garder pour moi.

Oui, aujourd'hui j'estime encore que j'ai toujours eu de la chance avec les femmes. Mais la chance des uns est trop souvent le malheur des autres. Je ne veux plus porter la poisse à qui que ce soit et surtout pas à vous. Je vous en prie Kate, maintenant que vous avez lu ma lettre, soyez enfin prudente, quittez moi, éloignez vous, sauvez votre peau, oubliez-moi...

Nathan

Kate

Nathan,

Il est rare, n'est-ce pas, que je prononce votre nom? M'accorderez-vous le privilège de cette intimité? Je vous prie de ne pas la confondre avec de la familiarité.

L'épistolaire n'est pas mon fort, vous l'aurez noté, bien que d'en lire peut se révéler être un régal, mais la plus grande prudence s'impose à l'écrire.

Et notre relation, si je dois à mon tour d'une façon ou l'autre en parler, ne s'est pas jouée dès son émergence sur ce mode de seconde ligne, d'entre les lignes, sinon dans le direct.

Entre l'espoir bien mince d'un futur possible ou la crainte d'un engagement contraignant, selon vos mots, s'inscrivent des interstices auxquelles certains âmes bien trempées seules peuvent aspirer, s'accorder à accepter. Vivre dans cet instant frêle et intense que l'hier passé et le demain hors calendrier ignorent est de même teneur que l'art du tir à l'arc: discipline et maîtrise du corps et du geste, promptitude extrême, mais, dans le cas qui nous concerne, en ignorant les personnes présentes[133]. Et il y faut des archers et des arcs, et à chaque archer son arc.

Or il me semble que nous sommes tous deux archers et arcs, flèches et cibles tout à la fois.

Je veux bien toutefois me plier puisque votre lettre m'y invite à cet exercice de la lettre à l'amant, si encore vous êtes ce que l'on pourrait traditionnellement qualifier d'amant. Il me semble que toute terminologie avec vous se heurte à votre rejet de la vision platement romantique de l'amour que vous avez évoquée à nos débuts, et contre son mur elle s'effrite. Vision qu'au fond tous rejettent (sans quoi, soit dit en passant, la presse aurait du mouron à se faire, et l'édition, et l'industrie cinématographique), et jusqu'où ne tombe-t-on pas aussi dans la caricature opposée, cela reste à comprendre, mais ne soyons pas dupes: pas plus que de la mort nous n'échappons dans le fond aux clichés anti-clichés, j'en passe et des meilleurs. Nous faisons partie de la farce.

(De vous écrire, me ferait presque devenir sérieuse.)

Vos mots doux - car ils le sont -, vos mots désespérés - car ils le sont aussi -, je ne suis pas certaine qu'ils appellent une réponse ou un réconfort encore que,

---

133 L'art du tir à l'arc implique une conscience de l'environnement et de ceux qui y contribuent.

si vous me le permettez, je perçois une attente, si ce n'est de ma personne du moins d'une réponse.

Alors que je me prête à cet exercice dans un lieu que vous ne connaissez pas et que je garde secret car je m'y sens bien comme dans un refuge égoïste, ce que vous comprenez j'en suis sûre, je vois par-delà l'encadrement d'un carreau qui me fait face le ciel au-dessus et alentour composé comme d'un seul nuage étiré et sans contours. Il présage d'une pluie de printemps tardif. Nous avons donc en ces jours la pluie en commun.

Oui, je vous aime bien. Oui, vous avez l'âge de mon père. Oui, vous n'avez rien à me vendre. Oui, dans des corps aux peaux douces entremêlées foisonne la jouissance, subtile et immédiate, et ce plaisir délicieusement amer qui demeure quand nos portes réciproques se referment sur nos vies respectives. Oui, la complicité est ce qui frémit, ce qui fait se déployer les sourires et sourire les yeux, ce qui s'apparente à l'éternité d'une minute, d'une heure, d'un lieu, d'un jour, d'un souvenir. Et notre complicité... est d'une claire évidence. La complicité c'est la pilule de l'apaisement immédiat entre deux êtres qui savent que leurs vies sont aussi, déjà, probablement ailleurs.

Oui, je vous serai présente mais jamais possédée, oui, vous en ferez de même, nous ne sommes pas des acquis. Nous ne partagerons pas ce qui dans l'émotion ou dans son manque nous tuerait, toute cette "affectivosité" dont l'on s'encombre parfois pour ne pas avoir froid. S'il est un ressort qui puisse tenir en équilibre ces fils entre nous tendus, il ne sera pas de ceux qui se casseront à force d'être trop et mal tirés pour nous faire débouler dans les bas-fonds de la souffrance amoureuse. Oui, je vous serai ardente et pétillante, piquante et chaudement embrassante, mais avec civilité.

Vous dites être dans une urgence, je le serais moins, ne l'est-on pas un peu toujours ?

Ne vous méprenez pas, Nathan, l'imminence de cette mort qui vous hante s'engouffre sans qu'il y prenne gare dans la chair vibrante de tout être humain. Je ne vous apprends rien. Ce n'est pas moi qui vous ferai la leçon de cet entre-deux entre naissance et mort auquel vous avez été par votre métier si puissamment et si longuement confronté.

Il nous faut vaille que vaille faire face à cette épée de Damoclès lourde et menaçante mais tenant dans le creux d'une main: vivre pleinement dans un entre-deux, vivre l'instant, vivre éternellement, vivre sans laisser de trace.

Quelle légitimité donner à votre aveu de destruction puisque si vous me l'exprimez force m'est pourtant de constater que je n'en ai pas eu jusqu'à cette heure ma part à vivre? Peut-être parce que je m'en protège? Illusoire. "Ce qui ressemble à de l'amour est toujours de l'amour", écrivait je ne sais plus quel écrivain très XVIIIe siècle, et l'amour quelle qu'en soit sa forme est tout sauf bouclier.

Et cet homme odieux que vous vous martelez vouloir incarner, auquel vos mots s'obstinent à vouloir donner chair! Ce personnage allant de femme en femme - décrites non sans ce trait appuyé de misogynie de pacotille -, d'un frisson précieux à un effleurement d'écume, d'un continent à une artère de ville, d'un bar à des draps froissés d'hôtel, d'un plaisir lumineux à un plaisir presque obscur puisque dès l'abord sous votre œil assassin... Cet homme, disais-je, entre narcissisme et désespoir, lecteur assidu, cultivé, marcheur, fringant, avenant, tenant en équilibre entre des déambulations désirées et des horreurs d'un métier aimé, est-ce celui que je connais? Est-ce pour protéger votre fragilité, votre tendresse, Nathan, que vous érigez ces fantômes autour de vous, fantômes y compris de vous-même? N'est-ce pas plutôt vous qui redoutez non mon attachement à vous mais le vôtre à moi à la veille du crépuscule de votre vie?

Vous n'êtes pas plus une épave que je ne suis un mât.

Ni épave ni mât : qu'y aurait-il à fuir ?

Seule zone d'ombre, et de pied qui vacille : mes pas parfois au diapason des vôtres me mèneraient-ils à mon tour vers l'une des démences où ces femmes dont vous m'avez parlé sont emprisonnées ? Et si tel était le cas, y seriez-vous pour quelque chose, puisque cette éventualité médicale mystérieuse, ou du moins tenue trop secrète encore, vous hante à présent ?

Quand bien le saurai-je, le redouterais-je, suis-je assez raisonnable et vous assez altruiste pour que je m'envole loin de vous? Puisque nous nous sommes, dès le premier regard, inscrits hors cadran de l'amour gravé dans le marbre, hors sentiers des amants maudits, hors chassés-croisés d'amourettes clandestines, hors platitude, hors exagéritude, what you see is what you get[134], telle pourrait être notre devise. Et que l'on ne s'y méprenne pas: cette dérobade d'apparence, ces mots qui, ici ou là, semblent aussi jouer et valser jusqu'à l'ivresse n'excluent en rien des profondeurs où se nichent de réels trésors.

Voulez-vous me mettre à l'abri ? Mais quel abri, Nathan, protège vraiment si ce n'est celui de notre tombe? Votre lettre le dit tout entière.

---

134 Ce que vous voyez est ce que vous recevez.

Je crains de vous décevoir pour n'avoir point de réponse digne de ce nom à votre lettre, ou adéquate à votre attente. Votre missive aurait-elle voulu être une bouteille à la mer que je risquerais de ne pas en être le rivage où elle échoue. Je risquerais d'en être le rocher où elle se heurte, bris et mots repartant vers la haute mer, long parcours, le voyage est beau, ni vu ni connu.

Hérisson sur terre, rocher en mer, et sur le rocher l'oursin, robe de piquants et cœur de miel orangé.

Je pressens que nous nous suivrons au fil du temps, imparti ou donné, choisi ou volé, tout en nous esquivant souvent pour de bonnes ou mauvaises raisons, et surtout sans donner de raison. Je pressens que nous serons chat et souris déguisés en lents hérissons, avec une frontalité de cervidés. Je me hasarde à croire que cette esquive qui n'est pas déni ou fuite mais élégance, et un tendre et ineffable respect fera loi entre nous. La grâce de l'esquive: joli titre de livre. Le nôtre? Et si la raison ou la déraison ont raison de nous, aujourd'hui, demain, un jour, voyez bien que le mal, et le bien, seront faits.

Le titre, les premières lignes d'un livre, sont-ils similaires à l'approche entre deux êtres et prémonitoires de ce qui s'en suivra ? La réponse est inscrite dans la prochaine cerise que nous croquerons ensemble[135]. Peut-être.

When was life ever truly ours ?
When are we ever what we are ?[136]

À vous,

Kate

135 "Pendant que vous lirez ces lignes, sucez je vous prie le jus d'une cerise" Francis Picabia", "Dits", *Le terrain vague*, 1960.

136 Quand notre vie a-t-elle vraiment été à nous ? Quand sommes-nous vraiment ce que nous sommes ?

Postface

Cette courte histoire se présente comme un apologue, c'est à dire un discours narratif démonstratif, à visée argumentative, didactique et allégorique, qui renferme des enseignements, dont on peut tirer une morale pratique.

L'auteur espère que le transfert d'une idée dans un récit fictif à valeur symbolique permettra de la rendre attrayante, de donner chair à des situations parfois lointaines et de permettre aux lecteurs de s'identifier aux personnages en les séduisant avant de les faire réfléchir.

Vous pouvez lire dans n'importe quel dictionnaire le type de définition suivant : La maladie d'Alzheimer est une maladie neurodégénérative incurable, une perte progressive des neurones au sein du tissu cérébral qui entraîne la destruction progressive et irréversible des fonctions mentales et notamment de la mémoire. C'est la forme la plus fréquente de démence[137] chez l'être humain. Elle fut initialement décrite par le médecin allemand Alois Alzheimer en 1906. Les causes exactes de la maladie d'Alzheimer restent encore inconnues. Des facteurs

---

[137] Je rappelle que le mot démence provient du mot latin *dementia,* qui signifie la folie en général.

génétiques, environnementaux, psychologiques, voire infectieux contribueraient à son apparition et à son développement. Il existe cependant des probabilités favorisantes connues, comme certaines anomalies génétiques, des facteurs de risque cardio-vasculaires, des troubles de la personnalité ou encore des intoxications chroniques par certains métaux lourds.

Même si cette définition semble "ratisser large" et évoque bon nombre de facteurs susceptibles de causer cette maladie, il n'en demeure pas moins que, dans l'esprit du public et dans celui de l'immense majorité des médecins, on tient pour acquis que la maladie d'Alzheimer est une maladie organique, c'est à dire liée à une altération du tissu nerveux (les neurones) et d'un organe (le cerveau). On oppose systématiquement les maladies dites organiques, caractérisées par des lésions anatomiques, aux maladies qualifiées de fonctionnelles possédant uniquement un support psychique.

L'auteur a été conduit à développer les arguments en faveur d'une origine psychologique, psychogène ou psychosomatique de la maladie d'Alzheimer. Si les lésions (perte neuronale, plaques séniles, dégénérescence neurofibrillaire) constatées par les neurologues sur les cerveaux des patients atteints de la maladie d'Alzheimer sont bien présentes, signifient-elles pour autant qu'il s'agit d'une étiologie[138] organique ?

« Le savant n'est pas l'homme qui fournit les vraies réponses. C'est celui qui pose les vraies questions »[139]. La première question à se poser est : les lésions sont-elles une cause ou un effet de la maladie ? Il est bien plus aisé pour la médecine d'apporter une réponse au comment[140] de la maladie qu'au pourquoi de cette dernière.

S'interroger sur le passé et le présent de l'alzheimérien, sur son histoire, sur sa vie, apporte plus d'informations sur l'origine de cette maladie que les réponses que l'on nous propose à partir des effets physiologiques constatés, effets physiologiques dont on ne sait s'ils sont en réalité cause ou effet et dont la spécificité est d'ailleurs contestée. Dans le meilleur des cas, la singularité des plaques séniles est considérée comme étant relative, et pourtant les plaques séniles sont estimées plus spécifiques que les dégénérescences

---

138 En médecine, l'étiologie (ou étiopathogénie) est l'étude des causes et des facteurs d'une maladie. Ce terme est aussi utilisé dans le domaine de la psychiatrie et de la psychologie pour l'étude des causes des maladies mentales. L'étiologie définit l'origine d'une pathologie en fonction des manifestations sémiologiques (la sémiologie est la science des signes).

139 Claude Lévi-Strauss.

140 La pathogénie désigne le ou les processus responsable(s) du déclenchement et du développement d'une maladie donnée. On l'utilise aussi pour désigner les évènements ayant conduit à l'apparition d'une maladie et le déroulement de cette dernière.

neurofibrillaires. Si les dégénérescences neurofibrillaires sont encore moins caractéristiques que les plaques séniles alors que ces dernières ont une identité déjà toute relative, il devient difficile de les considérer comme agent causal. De plus, si l'on considère que le terme ultime de la dégénérescence neurofibrillaire est la mort neuronale, son caractère aléatoire jette un discrédit notable sur la responsabilité de la perte neuronale.

Il ne s'agit pas pour autant de contester ces lésions jugées par tous caractéristiques, mais de dire que si elles sont probablement des vraies réponses, dans ce cas il leur manque leur pendant que sont les vraies questions, celles qui pourraient leur donner du sens.

Je me suis penché sur les mécanismes psychiques en jeu dans le vieillissement cérébral et la maladie d'Alzheimer, à partir de la "métaphore de l'ordinateur". Dans ce parallèle avec le cerveau humain, le *hardware* (microprocesseur, disque, etc.) représente les neurones, les faisceaux de fibres, les connexions, etc., et le *software* représente essentiellement les processus mentaux ainsi que le contenu psychique.

Il est bien évident à mes yeux que les caractéristiques d'un *hardware* défectueux, aussi précisément qu'elles puissent être connues, n'expliqueront jamais les propriétés, la nature ou surtout le sens des processus contrôlés par le *software.* Les recherches actuelles, nées de l'anatomie et de la neurobiologie, privilégiant le *hardware,* ne peuvent expliquer les phénomènes mentaux qui sont tous du domaine du *software.* Il s’agit là d’un débat fondamental, puisqu'il n’existe pas à ce jour d’étiologie reconnue de la maladie d’Alzheimer.

Un homme à oublier

Printed in Great Britain
by Amazon

71590756R00112